ラブレター物語

丘 修三・作　　ささめや ゆき・え

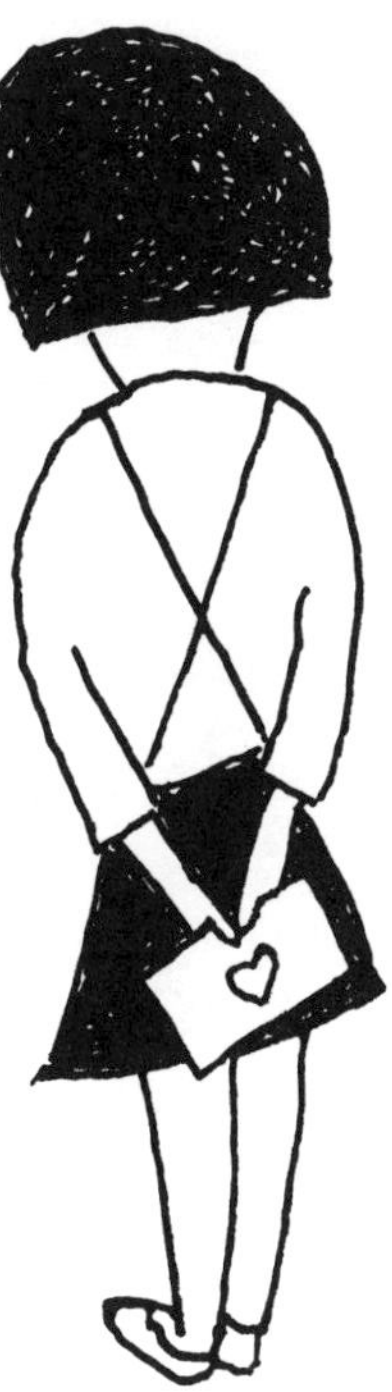

小峰書店

人を好きになるということはすてきなことです。
人を好きになると、ふしぎなことに自分を見つめはじめます。
あいてにくらべ、
なんて自分はちっぽけだろう。
なんて自分は心がきたなくて、せまいのだろう……。
そして、一歩でもその人に近づくため、自分もがんばろうと思います。
そうやって、男の子も女の子も成長していきます。
だから、人を好きになるということは、自分を成長させることでもあるのです。

ぼくが初めて人を好きになったのは、小学三年生のときでした。
あいての人の名前は、ヨウコちゃん。
ふっくらして、くちびるの赤い女の子でした。

まぶしかった。
まともに口をきくこともできませんでした。
ただ、あこがれて、遠くからかわいいなと思い続けていたのです。
ラブレターなんて、ことばさえ知りませんでしたから、
その子へ手紙を書いたおぼえはありません。
ヨウコちゃんは、五年生のときに、アメリカに行ってしまい、
二度と会うこともありませんでした。
大きくなって、ぼくは恋《こい》をし、何通もラブレターを書きました。
書いた手紙をポストへ投函《とうかん》するとき、あるいは、相手からの手紙を受け取ったとき。
あの胸《むね》のときめきは、人生の大きな喜びの一つだと思います。
みなさんも、この人生の喜びを、ぜひ、いつか経験《けいけん》してください。

さて、それでは、ラブレターをめぐる六つのお話をいたしましょう。
物語に登場する子どもたちが、きみやあなたに何を語りかけてくれるでしょうか?

ラブレター物語／目次

最後の思い出

けいこちゃんが転校《てんこう》するって聞いたのは、転校の三日まえだった。

ショックだった。

好きだったから……。

あまりにきゅうで、あと三日でいなくなるんだと思うと、なんだか落ちつかなかった。

ぼくはけいこちゃんを幼稚園《ようちえん》のころから知っている。タンポポ組、バラ組といっしょだったし、小学校でも、一、二年とおなじクラスだった。

だから、おたがいの家族のことも、家がどこにあるかもよく知っていた。

三年生のころまでは、会えば口をきいていたけれど、四年生になったら、なんだか会っても口をきくのがはずかしくなった。

といって、ぼくはけいこちゃんのことがきらいになったというわけではなかった。むしろ、いぜんよりもっと好きになっていたし、もっといっしょにいたかったんだけど、どういうわけか、会うとわざとそっぽをむいたり、いじわるをしたり、自分の気持ちとは、ぎゃくのことをしてしまうのだった。

あと三日しかない……。

そう思うと、ぼくはどうしてもけいこちゃんに会いたくなった。

会ってなにをしようというわけでもなかったけれど、このままどこかへいってしまって、もう会えないと思うと、なんだか胸《むね》が苦しかった。

ぼくがけいこちゃんを好きだってことを知っていてもらいたい。

いろんないたずらや、らんぼうなことをしたけど、好きだったんだってことをいっておきたい。

それに、けいこちゃんはぼくのことをどう思っていたのかきいてみたい。

そんなことが頭の中につぎつぎと浮《う》かんで、じっとしていられなかった。

それで、ぼくはついに手紙を書いたのだ。

生まれてはじめてのラブ・レターだった。

『けいこさん、お元気ですか。

けいこさんが転校《てんこう》してしまうと聞いて、びっくりしました。とても、さびしいです。

どうか、むこうの学校へ行っても、元気でがんばってください。

こっちのこともわすれないでください。

ぼくはけいこさんのことを、けっしてわすれません』

最後に、「ぼくはけいこさんが好きでした」と、書こうか書くまいかまよった。

でも書かずに、「さようなら」とだけ書いた。

よく日、ぼくは手紙をかばんにしのばせて学校へ行った。

その日一日中、ぼくは緊張《きんちょう》してすごした。いつわたそうか、どこでわたそうか、ものごとを
こんなに一生けんめい考えたことってなかったような気がする。

けれども、けいこちゃんのまわりにはいつもだれかがいて、手紙を手わたすチャンスはやってこなかった。

そして、ついに下校時間になった。

そこで、ぼくは学校から帰ると、けいこちゃんの家に行くことにした。運がよければ、けいこちゃんに会って手紙を手わたせるかもしれないし、会えなかったら、ポストにいれてくれればいいと思ったのだ。

ところが、けいこちゃんの家が近くなると、もう胸《むね》がドキドキ、顔がぽっぽしてきて、手わたすなんてとてもできないと思った。

ポストへいれることだって、ひどく勇気がいるような気がする。

でも、今日わたさないと、明日はきっとそんな時間はないはずだ。ぼくは勇気をふるってポストに近づき、手紙をいれようとした。

そのとき、ガラッとけいこちゃんの家の玄関《げんかん》の引き戸があいた。

ぼくはびっくりして門のかげにかくれた。

出てきたのはけいこちゃんだった。

けいこちゃんはうらへまわり、こんどはイヌのリリーをひっぱって出てきた。

リリーの散歩へ行くようだ。

ぜっこうのチャンスだ。

ぼくはぐうぜんとおりがかったみたいな顔をして出ていった。

「やあ……」

「あ……」

「ひ、ひっこすんだって？」

「うん………」

「…………」

「今日はこの町での最後の散歩なの」

「ぼ、ぼくもいっしょに行こうかな……」

「うん。行こう！」

ぼくたちはリリーをつれて歩きだした。

このイヌは、一年生のとき、学校帰りに捨《す》てられているのをぼくが拾《ひろ》ったイヌだ。

ぼくんちは団地《だんち》だったから、けいこちゃんちが引き受けてくれた。

「今日はね、最後だから、町のまわりをずっと歩くつもりなの」

と、けいこちゃんがいった。

ぼくたちは、かわるがわるリリーのリードをもちながら歩いた。

小さいころかよった幼稚園《ようちえん》のまえをとおり、よく遊んだ公園でブランコにのり、春になるとサクラがきれいな河原《かわら》の土手を歩いた。

それから、なんどものぼったことのある学校の裏山《うらやま》へのぼった。そこからは、町全体が見おろせるのだ。

目のまえに町が広がっている。

けいこちゃんは目をほそめて夕日にそまった町をながめていた。

それから、リリーの首をだきながら、

「リリー、この町のことをわすれちゃだめよ。あなたのふるさとなんだからね」

といった。

「わたしも、けっしてわすれない。わたしが育ったこの町のこと。ここでおきたいろいろなできごと。みんなと出会えたこと。楽しかった思い出……みんなみんな、けっしてわすれない」

けいこちゃんはまるで歌うようにいった。

ぼくたちはそれからだまりこくって歩いた。

いつもかよった学校への道。

明かりのともりはじめた駅前の商店街……。

そうやって最後の散歩はおわった。

「今日はありがとう」

と、けいこちゃんがまっすぐぼくの目を見ていった。

「うん。いや……」

「最後にまたひとついい思い出ができたわ」

こんなとき、ばしっと気のきいたセリフがいえたらいいのに、ぼくはなんにもいえずにもじもじしていたのだ。

そんな自分にはらがたった。

「元気でね……」

と、けいこちゃんがいった。

「うん。けいこちゃんも……あ、それから、リリーも」

「うん。さよなら……」

それが、やっとかわした会話だった。

うちへ帰るとちゅう、さっき二人で歩いた橋の上で、ぼくはポケットの手紙を破《やぶ》いた。

そして、こまかくちぎって川に流した。

初めて書いたラブレターは、うすぐらくなった川にむかって、雪のようにまい落ちていった。

その白い紙切れが、列を作って流れのむこうに消え去っていくのを、ぼくはいつまでも見つめていた。

心の中ががらっぽだった。

風がぼくのからだの中を、すうっと吹《ふ》きぬけていく。

ひどくさびしくて、なみだがこみあげてきた。

さて、つぎのお話は、第一話と女の子と男の子がいれかわった場合のお話です。
つまり、気になるクラスメイトの男の子が急にひっこすことを知った、女の子の物語。
第一話のぼくは、ラブレターを相手にわたしませんでしたね。
でも、そのかわりに、二人だけの心に残る思い出をつくりました。
今度の主人公の女の子は、ラブレターをわたすのでしょうか。
そして、その結果は、どうなるのでしょう。

トンちゃん

1

翔《しょう》くんが転校《てんこう》する！

サトミは目のまえが真っ暗になった。

もうすぐ、夏の臨海《りんかい》学校で、「海の家」へ行くことになっていたのに。

「おなじ班《はん》になりますように！」

って、毎晩寝《まいばんね》るまえにおいのりしていた。

班分けのプリントが配られて、自分の班に翔くんの名前があったとき、サトミは思わず「ヤッター！」と声をだしそうになった。

（神様、ありがとう！）

それまで神様を信じなかったけれど、サトミは神様を信じる気になった。

なのに、なのに……。

火曜日の帰りの会で、先生がいったのだ。

「翔《しょう》くんは、お父さんの仕事の関係で、きゅうに富山《とやま》に転校《てんこう》することになった。残念だけれど、あと三日でおわかれだ」

おなじ班《はん》で海に行けると、まいあがっていたときだったから、サトミはドシーンと地面にたたきつけられたような気分だった。

終業式まで、あと三日しかない。

翔くんに会えるのは、あと三日なのだ。

三日たったら、翔くんはわたしの目のまえからいなくなってしまう！

サトミはうちに帰ってからも、何も手につかなかった。

自分の部屋のベッドにひっくりかえったまま、ぼんやり翔くんのことを考えていた。翔くんといっしょのクラスになったのは二度目だった。

最初は一、二年生のとき。

あのころの翔《しょう》くんは、チビで、いたずらばっかりしていて、いつもチャカチャカして落ちつきのない、イヤな子だった。

女子のスカートをめくってはしゃいだり、カエルやトカゲを教室にもちこんで、女子がキャーキャー悲鳴《ひめい》をあげるのをおもしろがったりしていたんだ。

三年生になってクラスが変わった。そして、気がついたら翔くんを見かけなくなっていた。事情《じじょう》はわからなかったが、いなかへ帰ったと聞いた。

その翔くんが、五年生になって、もどってきた。

おなじクラスになって、何年ぶりかに見た翔くんは、見違《みちが》えるほど変わっていた。背《せ》もスラッとのびて、口数の少ない、静かな感じの子になっていた。それでいて、スポーツはなんでもこなし、勉強もけっこうよくできた。

だから、女子のあいだでの人気はベストスリーに入っていた。

だれにもいわなかったけれど、サトミは翔くんこそベストワンだと思っていた。

だけど、みんなに「トンちゃん」とあだなされているサトミは、ちょっと太めの女の子で……翔くんは「手のとどかない高嶺《たかね》の花」だった。

「トンちゃん」って、「サトミ」の「ト」の「トンちゃん」だと、みんなはいうけれど、ほんとは、「豚《ぶた》（トン）」の「ト」がかくれていることを、サトミは感じている。

みんなのまえで「翔《しょう》くんが好きだ」なんていおうものなら、みんなに笑われるにきまっている。だから、「翔くんなんて、あたしのタイプじゃない」って、ほんとの気持ちとは反対のことをいったりしていた。
一、二年のころには、翔くんとも自由に口をきいていたのに、いまは、近よるだけでも緊張《きんちょう》してしまって、あのころのように口がきけない。
自分でもどうなっちゃったのかわからなくて、イライラしてしまう。

あと、三日しかない……。

そうだ、手紙を書こう。面と向かっては、なにも言えそうにないけれど、手紙なら自分の気持ちを伝えられそうな気がする。

手紙だ。手紙を書こう。

サトミは飛《と》び起《お》きると、机《つくえ》にむかった。

しかし、なんと書けばいいのかわからない。

サトミは鉛筆《えんぴつ》を持ったまま、ぼうっと白い紙を見つめていた。

2

つぎの朝、サトミは胸《むね》をドキドキさせながら学校へむかった。

カバンの中には、翔《しょう》くんへの手紙がはいっている。

夕べ、おそくまでかかって書いた手紙だ。

なんど書いたり消したりしたかわからない。清書《せいしょ》の紙も何枚《まい》も使った。書きおえて読み返すと、満足できず、また書き直す。書いても書いても、どこか自分の心とズレているようで、ためいきが出た。

そして、おそくまでかかって、やっと書きあげたものは、なんのことはない、最初に書いた手紙とあまりちがっていなかった。

『翔くんへ

翔《しょう》くんが転校《てんこう》すると聞いて、とてもびっくりしました。こんどの臨海《りんかい》学校には、いっしょの班《はん》で行けると思っていたので、とても残念でした。

翔くんの顔を見ることができるのは、あと三日なのですね。とてもさびしいです。

翔くんとは、一年生のときと二年生のときいっしょでしたね。あのころの翔くんは、ちっちゃくて、チョロチョロ動き回っていたので、なんだか、おもちゃの『チョロQ《キュー》』みたいだと思っていました。(ゴメン)

五年生になって、三年ぶりにいっしょになった翔くんは、あの『チョロQ』とはぜんぜんちがっていたのでおどろきました。

翔くんと、もっともっとお話がしたかった。

たくさん書きたいことがあるのだけれど、どう書いていいのかわかりません。

もう、あえないかもしれないと思うと、すっごく悲しいです。

富山《とやま》の学校へ行っても、どうか桜《さくら》小学校のことわすれないでいてください。

そして、気がむいたら、お手紙ください。

トンちゃんことサトミより』

最後の「わすれないでください」のところには、最初「わたしのことを」と書いた。でも、なんだかはずかしくなって、「桜《さくら》小学校のことを」と書き直した。

だけど、それだと、自分の気持ちがおさまらなくて、「手紙をください」と書いた。

「サトミに」「手紙をください」の気持ちだったけれど、「サトミに」とは書けなかった。

いつ、どこで、翔《しょう》くんにこの手紙をわたそうか。

それもはっきりしないまま、サトミは、朝、手紙をカバンにいれた。

その手紙がカバンの中にあると思っただけで、顔がほてってくる。

教室へ行くと、いの一番に翔くんが目に飛びこんできた。

翔くんは二、三人の男子と話をしていた。

サトミが自分の席について、ハンカチをうちわがわりにして一息《ひといき》ついていると、キリちゃんがとんできた。

「どうしたのよ、真《ま》っ赤《か》な顔をして！」

「遅刻《ちこく》しそうだったから、かけてきたの」

「夜おそくまで、だれかさんにメールなんかしてたんじゃないの？」

キリちゃんは意外とカンが鋭《するど》い。サトミはさりげなく話題を変えた。

「臨海《りんかい》学校の準備《じゅんび》してる？」

「まだ、まだだよ。来週、お母さんと買い物に行こうってことになってるの。ところで、トンちゃんの班《はん》、翔《しょう》くんが行けなくなってがっかりね」

かえっておかしなぐあいになって、サトミは内心あわてた。

そのとき、先生が入ってきたので、サトミはホッと、おでこのあせをふいた。


その日、サトミはかばんの中の手紙が気になってしかたがなかった。

いつ、翔くんにわたそうか。

直接《ちょくせつ》手わたす勇気はなかった。こっそり、翔くんのかばんにいれる機会をねらっていた。

昼休みなら、やれるだろうと思ったら、外の暑さをいやがって、教室ですごす子が多くて、
とうとう、その日は翔くんに手紙をわたすことはできなかった。

3

次の日も、サトミは手紙をわたすことができなかった。

暑い中をへとへとになって、家にたどりついて、冷蔵庫《れいぞうこ》から牛乳《ぎゅうにゅう》をだして一気に飲んだ。

そのとき、ひらめいたのだ。

翔《しょう》くんちに持って行こう。

サトミはあせにぬれたT《ティー》シャツをとりかえて、キュロットにかわいいサンダルをはいて、ポシェットをかたに自転車をまたいだ。

翔くんのうちは、森野《もりの》四丁目だ。

サトミのうちから、歩けば二、三十分かかる。森野公園の近くの五階《かい》建《だ》ての会社の寮《りょう》に住んでいると、キリちゃんから聞いていた。

いつだったか、給食室のガスがもれて、その修理《しゅうり》工事のために、二、三日給食が作れず、弁《べん》当《とう》をもっていかなければならないときがあった。

翔くんはいつもコンビニの弁当を持ってきていた。

「翔《しょう》くんち、お母さんいないの？」

と、キリちゃんに聞くと、

「あら、トンちゃん知らなかったの。翔くんち父子家庭なんだよ」

と、いった。

なんでも、三年生のとき、お母さんが心臓《しんぞう》発作かなにかで急死したのだそうだ。

「あたしたち、お葬式《そうしき》にいったよ。トンちゃんはクラスがちがったから知らなかったんだ」

それで、翔くん、いなかにあずけられたんだって……。

そんなことを思い出しながら、サトミは森野《もりの》公園をめざして自転車を走らせた。

風が首筋《くびすじ》をなでて気持ちよかった。

森野公園の近くの五階《かいだ》建ての建物はすぐにわかった。玄関《げんかん》に会社の名前が書いてあった。

玄関ホールの管理人のおじさんに聞いたら、二階の三号室だとおしえてくれた。

サトミは階段《かいだん》をのぼって三号室へ行った。

ドアの前に立つ。むねが高鳴った。

ポシェットから手紙をだし、チャイムをおそうとして、サトミはためらった。

翔《しょう》くんがでてきたら、どうしよう。

心臓《しんぞう》が飛びだしそうだ。

ためらったあげく、おすのをやめた。

翔くんに直接《ちょくせつ》手わたすことはできそうになかった。

サトミはドアの郵便《ゆうびん》受けに、手紙をそっといれると、逃《に》げるように階段《かいだん》をかけおりた。

「やったー！」と思ったのに、自転車をこいでいるうち、しだいにペタルが重くなった。

急に不安がおそってきたのだ。

なんだかとんでもないことをしてしまったような気になった。

心がおちつかない。引き返して、手紙をとってこようかとも思った。

家に帰ると、サトミはベッドにひっくり返ったまま、ぼんやり天井《てんじょう》を見つめていた。

翔くんはどう思うだろう？

「なんだ、トンちゃんからか」と、フンっと鼻先で笑って、破《やぶ》り捨《す》てたりしないだろうか。

あ、それより、あした、翔くんに会うのいやだな。

どんな顔をしたらいいのだろう。

あれこれと、いろんなことが浮《う》かんでくる。

（やめておけばよかった……）

サトミはふーっとためいきをついた。


その夜、夢《ゆめ》を見た。

翔《しょう》くんが手紙に気づいて、手に持ってながめている。

封筒《ふうとう》をなんどもひっくり返して首をかしげている。表に「翔くんへ」としか書いてないから、

（だれからだろう？）と思っているのだろう。

そんな顔のまま、翔くんは封《ふう》をきって、手紙を読みはじめた。

ドキドキしながら、サトミはそのシーンを見ている。

翔くんは読みおえると、ニヤッと笑《わら》った。

そして……、
サトミは「あっ！」を声をあげた。

手紙をクシャクシャっと丸め、ポーンとゴミ箱《ばこ》に放りこんだのだ。

（なんだ、こんなもの）って感じで。
まるでカミクズでも放るみたいに。
そして、グラブとボールをもって、口笛ふきながら部屋を出ていった。
サトミはゴミ箱《ばこ》に近づいて、ゴミ箱をのぞきこんだ。
翔《しょう》くんが放りこんだ手紙をじっと見ていた。
クシャっと丸まって、ゴミ箱の底にちぢこまっているサトミの手紙。
なみだがぽろっと落ちた。
はっとして、目がさめた。
サトミは泣《な》いていた。

4

終業式の朝がきた。
朝、校門のところで、サトミはばったり翔くんに会ってしまった。

翔《しょう》くんは、

「おはよ」

と、つぶやくようにいって、サトミから目をそらした。

サトミも、「おはよう」と返して、目をそらした。

翔くんがサトミのことを笑《わら》っているように思えて、そんな顔を見たくなかった。

手紙のことは何もいわなかった。

その日は土曜日で半日で学校が終わるというのに、普《ふ》通《つう》の日よりずいぶんと長く感じた。

ときどき、サトミは自分を見つめる翔くんの視《し》線《せん》を感じた。

視線を感じてふりむくと、翔くんはさっと目をそらした。

笑っているんだと、サトミは思った。

「トンがおれに手紙をくれたんだぜ」

と、仲間《なかま》にいいふらしているんだ。

その日の最後に、翔くんがあいさつをした。

サトミは、そっぽを向くように、強い日ざしで白くかわいている運動場をながめて、翔くんのあいさつを聞き流した。

「みなさん、さようなら。お元気で」

翔《しょう》くんは最後にそういって席にもどった。

拍手《はくしゅ》がおきた。

「さよなら、翔くん」

サトミは拍手もせず、心の中でポツリとそうつぶやいた。


校門を出た所で、だれかが「小林《こばやし》サトミ」と、サトミの名を呼《よ》んだ。

ふりかえると翔くんだった。

「これ、小林のじゃないか？」

翔くんはリコーダーの入った袋《ふくろ》をさしだした。

「くつ箱《ばこ》のところにあった。小林って書いてあるから、おまえのだろうと思って」

「あっ、ありがとう」

うけとったまま、サトミはかなしばりにあったみたいに、からだがカチカチになってしまっ

た。そして、顔がカーっと赤くなるのがわかった。

なにかいわなくっちゃ……と思うのだが、口がしびれたみたいになって口がきけない。

あせっていると、翔《しょう》くんがいった。

「あ、手紙、ありがとう」

「えっ、あ…………」

「うれしかった」

翔くんは顔をあげてまぶしそうにサトミを見た。

「じゃあ、さよなら」

あ、翔くんが……去っていく。

なにかをいわなけりゃ。なにかを……！

思わずなみだがこぼれそうになった。

すると、そのとき、翔くんがくるっと向きをかえた。

そして、サトミの方へもどってきたのだ。

翔くんは二メートルばかりのところで立ち止まると、こういった。

「おれ、トンちゃんってあだな、好きだった」

サトミはぼうっと翔《しょう》くんの顔を見つめていた。

「おれの死んだ母さんもサトミっていったんだ。小さいころ、母さんもトンちゃんってよばれていたんだって。ふっくらしてきれいだったんだ」

そういうと、翔くんはてれくさそうに笑《わら》った。

「それじゃあな。小林《こばやし》も元気でいろよな」

翔くんはちょっと不良っぽくいうと、くるっと背《せ》を向けて、夏の昼下がりの日差しの中をかけていった。

サトミはむねがいっぱいになって、翔くんの影《かげ》が見えなくなるまで、その場に立ちつくしていた。

遠くへ転校《てんこう》していく翔《しょう》くんも、桜《さくら》小学校に残るサトミさんも、きっと、終業式の日の短い会話を、ずっとずっと忘《わす》れずにいることでしょう。

そして、つらいことやいやなことがあったとき、ふたりはこの日のことを思い出して、勇気がわくにちがいありません。

さて、三つ目のお話は、人の心の不思議な動きを書いてみました。

いままでちっとも気にしていなかった相手が、ある日のささいなできごとをきっかけに、急に気になりはじめるといった経験《けいけん》はありませんか。

人の心はほんとうに不思議。

喜んだり、悲しんだり。

怒《おこ》ったり、笑《わら》ったり。

好きになったり、嫌《きら》いになったり。

人の心はたくさんの顔を持っているのです。

そのひとこと

1

ルミとリョウはおさななじみだ。

幼稚園《ようちえん》もいっしょだったし、家もおなじマンションだったから、小さいころから家族ぐるみのつきあいをしていた。

だから、小学校の入学式のときは、手をつないで学校の門をくぐった。クラスもおなじだったので、ふたりはいつも連れだって学校へ行き、いっしょに帰ってきた。

入学してしばらくは、手をつないで歩いていた。

「ルミちゃんとリョウくんは、なかがいいんだねぇ」

と、近所の人がいうのを、ふたりはちょっとばかりとくいな気分で聞いていた。

ところが、あるとき、学校からの帰り道で、三年生の男の子たちから、

「おまえ、まだ女と手をつないでんのぉ」

とからかわれてから、リョウが手をつなぐのをいやがるようになった。

友だちがいないところで、ルミがリョウの手をとろうとすると、

「よせったら」

と、リョウが手をふりはらう。

それでも、ルミがつかんではなさないでいると、リョウもはにかんだ顔をして、そのままにしているのだった。

三年生になって、べつべつのクラスになったころから、リョウの態度《たいど》が少しずつ変わりはじめた。

朝、ルミが「学校へ行こう」と、よびにいくと、リョウはもう出かけてしまっていることが多くなったのだ。

これまでは、ルミが来るまで、かならず待《ま》っていてくれたのに、ルミを待つこともなく、さっさと行ってしまう。

それで、早めに行くと、リョウはなんだかんだと理由をつけて、ルミといっしょに学校へ行くのをいやがった。

そんなことがつづいて、しだいにルミもさそいに行くことをしなくなってしまった。

最初のうちはさびしかったが、女子どうしで行くのもけっこうおもしろくなって、ルミは、だんだんリョウのことをあまり気にとめなくなっていった。

五年生になったいまでは、学校のろうかですれちがっても、おたがい口をきくこともなく、知らん顔をしてすれちがう。

登下校の道で、うしろ姿《すがた》を見かけても、声をかけることもしなくなった。

といって、ルミはリョウのことをきらいになったわけでもなかった。では、好きなのかと聞かれれば、首をかしげるくらい、自分でもよくわからなかった。

ただ、リョウがからだじゅうから発散《はっさん》している、近づくのをこばむような空気、それを感じて、ルミは気安く近づけなかったのだ。

2

九月のある日曜日のことである。

「ルミ、ルミー」

とよぶ声に、居間《いま》へいくと、お母さんが、

「これ、倉田《くらた》さんにもっていってちょうだい」

と、紙袋《かみぶくろ》をさしだした。

倉田さんというのは、リョウのうちのことだ。

「信二《しんじ》にたのんでよ」

と、弟の名をいう。

「信二は野球の試合でもう出かけたわよ。お母さん、お弁当《べんとう》作ってとどけなきゃなんないから、あんたにたのんでんの」

ルミはしかたなく袋《ふくろ》を受け取って中をのぞくと、花がらのつつみ紙につつまれたものが入っている。

「おばさんにわたせばいいのね」

「うん。おねがいね」

ルミはしぶしぶサンダルをつっかけて出かけた。とたん、おっくうな気持ちとはうらはらに、なんだか胸《むね》がときめいていた。

リョウのうちへいくのは、ひさしぶりだ。

小さいころは、しょっちゅう行ったり来たりしていたのに、あるときプッンと切れて、すっかり足が遠のいていた。それなのに、いまは、「リョウに会えるかしら?」と、ちょっぴり期《き》待《たい》している自分に気づいている。

……口をきいてくれるかな?

むかしのように、くったくなく口がきけたらいいのに……そう思いながらエレベーターホールへむかう。

ルミのうちは二階《かい》、リョウのうちは七階だ。

ルミはボタンをおしてエレベーターがあがってくるのをまった。

エレベーターのドアが開いたので、入ろうとしてルミはハッとした。

そこにリョウが立っていたからだ。

「あっ、……」

といったきり、つったっていると、

「のるんなら、はやくしろよ。しめるぞ」

と、ぶっきらぼうにリョウがいった。

あわててルミは中へとびこむ。

そして、すみの方へいってうつむきかげんにリョウを見た。どこかで走ってきたのか、リョウの髪《かみ》の毛がぐっしょりとぬれ、首すじにもあせがふきだしている。

ふたりはだまったままだ。

ルミは息がつまった。

エレベーターがあがっていくのが、やけにおそいような気がする。

三階《かい》、四階、五階……早く、早く。

七階、ついた！

リョウがおりた。つづいて、ルミがおりると、変な顔をしてリョウがふりかえった。

ルミは思わずニコッと笑《わら》った。

リョウはなにもいわず、すたすたと自分のうちの方へ歩きだす。ルミもそのあとについていった。

すると、リョウがまた、くるっとふりむいた。

「ついてくるなよ」

「だって……」

「どこへ行くんだ？」

「リョウくんのうち」

「おれんち？　なんの用だよ？」

「おばさんに、これ。ママから。あ、そうだ、リョウくんにわたせばいいんだ」

「かんけーねぇよ」

そういって、リョウは、また、すたすた歩きだした。

持っていってくれればいいのにと思うそばから、「おれがあずかる」といわれなかったことに、ルミはホッとした。

そういわれたら、ここで帰らなければならない。リョウくんのうちに、ひさしぶりに行くワクワクした気持ちがしぼんでしまうところだった。

リョウについて玄関《げんかん》へ入って、

「こんにちは！」

と、ルミは奥《おく》に声をかけた。

「いいから、あがれよ」

リョウについて居間《いま》へゆくと、おばさんが台所で洗《あら》い物《もの》をしていた。

「あら、ルミちゃん。ひさしぶりね」

おばさんはエプロンで手をふきながら出てきた。そして、リョウに、

「まあ、そのあせ。はやくシャワーあびてらっしゃい」

といって、こんどはルミに、

「あら、ルミちゃん、また背《せ》が伸《の》びたんじゃない？」

と、いった。

「これ、お母さんから。たのまれたものですって」

「あ、ありがとう。ルミちゃんのお母さんとおんなじスカーフがほしかったの。ね、お茶のんでいかない？」

ルミがためらっていると、

「ちょっと、ルミちゃんに聞きたいことがあるの」

と、手をとるようにしてソファのところへつれていかれた。

「紅茶《こうちゃ》でいい？　おいしいクッキーがあるの。ね、かけてて」

3

居間《いま》は、むかしルミがよく遊びに来ていたときとあまり変わっていなかった。ソファーの位置が変わっているくらいだ。

キョロキョロしているルミを見て、おばさんが笑《わら》った。

「この部屋へ入るの、ひさしぶりよね。変わってないでしょ？」

「うん」

「一年生のころは、毎日のように来ていたのにね」

そうだった。

毎日、ここへ来て、二人で絵をかいたり、折《お》り紙《がみ》をしたり、ふざけっこしたりしていた。

楽しかったという思いがふっとよみがえる。

「まるで兄妹《きょうだい》みたいだったわ」

おばさんもなつかしそうにいいながら、紅茶《こうちゃ》とクッキーを運んできた。

「さ、どうぞ」

ふたりが紅茶を飲んでいると、リョウがすっと部屋を横切って出ていこうとした。

「ちょっと、どこ行くの？」

「…………」

「シャワーあびたの？　ねぇ、どこ行くのよ？　ルミちゃんがきてるっていうのに」

ブスッとして、リョウは出ていった。

「まったく。最近はああなのよ。ほとんど口きかなくなって。男の子ってつまらないわね」

おばさんはあきらめ顔でそういった。

「信二《しんじ》くんは、きょうも野球？」

「はい」

「リョウも少年野球をやってたころがいちばん素直《すなお》でよかったわ」

そういえば、リョウくんもしばらく野球をやっていたんだ。新しいコーチとうまくいかなくなって、四年生のころにやめてしまった。

試合《しあい》には、ルミは弟の信二といっしょに応援《おうえん》にいった。弟はそれで野球少年になったようなものだ。

「そうそう」

おばさんが、急に声をひそめた。

「ルミちゃん、コウダさんって子、知ってる？」

「コウダ？」

「コウダ　マイとかいう子？」

「ああ、幸田《こうだ》舞《まい》さん。知ってます」

「どんな子？」

「どんな子って……。クラスがちがうからよくわかんない」

「そう……」

「幸田《こうだ》さんがどうしたんですか？」

「リョウったら、その子から手紙もらったらしいのよ」

「えっ、手紙……」

ルミは幸田舞《まい》の顔を思い浮《う》かべた。

おなじクラスになったことがないからよく知らないけれど、クラス対抗《たいこう》のドッジボール試合《しあい》のときに、よくとおる声をはりあげ、男の子に負けないくらい活発に動きまわっていた子だ。

目がクルッとしていて、ポニーテールのかみを、ふさふさなびかせて歩く姿《すがた》がかわいらしかった。

……あの子が、リョウくんに手紙を！　ラブレターかしら？

ルミは急に胸《むね》がドキドキしてきた。

自分のことではないのにと思うのだけれど、なぜだか動悸《どうき》がおさまらなかった。

……いったい、どんなことが書いてあったのだろう？

そう思ったが口にはだせなかった。

「幸田《こうだ》さんって、かわいい？」

「うん。目がくるっとしてて、ピチピチした感じ」

「そう、ピチピチした感じねぇ……。リョウったら、そんな子が好きなのかしら？」

おばさんはそうつぶやいて紅茶《こうちゃ》をすすった。

「いまの子って、五年生くらいでラブレターを書くのねぇ。積極的《せっきょくてき》ね。ルミちゃんも書いたことある？」

「ううん」

と、ルミは首をふった。

「いま、おもしろい映画《えいが》やってるんですって。子犬の映画。来週の日曜日に、それをいっしょに見に行きたいって書いてあったの。あの子、行く気かしら？」

それじゃ、おばさんはその手紙を読んだのだ。

ちょっといやな感じがした。

……来週の日曜日。

思わず、ルミは居間《いま》にかけてあるカレンダーに目がいった。

来週の日曜日のところに赤い丸がついていた。

……あれも、おばさんがつけたのかな？

さっき感じた、いやな感じが、また、した。

と、そのとき、玄関《げんかん》のドアの音がして、リョウが帰ってきた。

「どこへいってたの、シャワーもあびないで。ああ、あせくさい。さっさとシャワーしてらっしゃい」

リョウは、チラッとルミの方を見たが、声をかけることなくお風呂場《ふろば》の方へ行ってしまった。

リョウと話をするふんいきではなさそうだった。

「じゃあ、また、きます」

ルミは、席を立つチャンスとみて、こしをあげた。

4

その日から、ルミはなんだか、おちつかなくなった。

心の中で、急に、リョウの影《かげ》が大きくなったのだ。なぜなのか、自分でもよくわからないのだけれど、モヤモヤしたものが胸《むね》につまった感じがする。

机《つくえ》のひきだしのすみに放っておいて、ずっと忘《わす》れていたたいせつなものを、だれかが持っていこうとしている……。

「それ、持っていっちゃダメ！」

ルミの心が、そう叫《さけ》んでいるのかもしれない。

学校へ行っても、幸田舞《こうだまい》が気になって、その姿《すがた》をさがしている自分に気がついてハッとする。

舞のそばにリョウがいないかと、つい、あたりを見まわしてしまう。

リョウの近くに舞の姿を見ると、胸がキューンとなった。舞はじっとリョウの姿を目で追っている。けれども、リョウの方はまったく舞をムシして、サッカーボールをむちゅうで追いかけていた。

それを見ると、ルミはホッとした。

そんなことにわずらわされている自分がいやになるが、でも、気になってしかたがないのだ。

それで、よけいにルミはイライラしてしまう。

……リョウのばか！

と、ルミは心の中で、べーと、舌をだしてやる。

夜、机《つくえ》にむかって勉強しているつもりが、気がつくとえんぴつを持ったまま、ぼんやりしている。

こんなはずではなかった。

日曜日にリョウのうちへお使いに行くまでは、こんな気持ちになることはなかった。

それなのに、おばさんから幸田《こうだ》舞《まい》の手紙の話を聞いてから、自分でもわかるくらいおかしくなった。

どうして？

……わたし、リョウのことが好きなのかしら？

自分ではそんなに好きだとは思っていなかった。でも、舞がリョウのまえにあらわれてから気持ちがおちつかなくなった。

ほんとうはわたし、リョウのことが好きなのかもしれない……。

ルミは顔がぽーっとなった。

そして、金曜日。

ルミが友だちのランちゃんと帰ろうと校門をでると、そこに舞《まい》がひとり立っていた。

リョウを待《ま》っているんだと、ルミは思った。

しばらく行ったところで、ルミはうしろをふりかえった。ふりかえって見ないではいられなかったのだ。まだ、リョウの姿《すがた》はなかった。

でも、そのまま帰るわけにはいかない。

「あ、いけない。わすれものしちゃった。ごめん、ランちゃん、さきに、行ってて」

そういうなり、ルミは学校へもどっていった。フェンスによりかかったまま校舎《こうしゃ》の方を見つめている舞をチラッと見て、ルミは走った。

くつ箱《ばこ》のところまでいってはじめて、ルミは自分はなにをしているのだろうと思った。

リョウと舞が、連れだって帰るのを、たしかめようというのか？

たしかめて、どうしようというのか？

ルミはくつ箱《ばこ》のあたりにつっ立ったまま、ぼんやりしていた。

すると、そのとき、

「なにしてんだ？」

と、声がした。

みると、荷物を両手にかかえたリョウがいた。

「あ、ちょっとわすれものしたの」

リョウは、フンといった顔で、くつのかかとをふんずけたまま出ていった。

ルミはしばらく間をおいて、あとを追うように出ていった。

舞《まい》はなにをするつもりだろう？

リョウが校門を出たところで、やはり舞が姿《すがた》をあらわした。

ルミは知らん顔をよそおって、歩いていった。

校門を出る。

舞がリョウに笑顔《えがお》で話しかけている。なんといっているか、わからなかった。ルミはリョウの表情《ひょうじょう》を横目で見てすぎた。

リョウはうれしそうにしているのだろうか？

舞《まい》はなにをしているのだろう？

なんていっているのだろう？

ルミはふりかえって見ようとする自分をしかりつけて、まっすぐ歩いていった。

5

日曜日がきた。

目がさめて時計を見ると、まだ八時をすぎたところだった。いつもなら、九時になっても十時になっても眠《ねむ》いのに、きょうはだらだら寝《ね》てる気分ではなかった。

……きょうだわ、舞とリョウのデイトの日！

……リョウは行くのだろうか？

……どこで待ち合わせるのだろう？

二段《だん》ベッドの上で寝《ね》ているはずの弟の信二《しんじ》の姿《すがた》はもうなかった。日曜日は少年野球の試合でいそがしいのだ。

ルミは着替《きが》えて居間《いま》へ行った。

「あら、早いのね。きょうはどこか出かけるの？」

お母さんが聞いた。

「ううん。早く目がさめちゃったの。信二はもう出かけたの？」

「午前中から試合なんだって。お昼まえにお弁当《べんとう》とどけないといけないから、あんた、お父さんのお昼、用意してあげてね。冷蔵庫《れいぞうこ》の中にいれておくから」

お母さんはテーブルの上でトーストを焼きながらいった。

「リョウくん、朝早くからがんばってたよ」

「えっ、リョウくん、なにしてたの？」

「さっき、下に新聞をとりにおりたら、あせびっしょりになって走っていたわ」

「きょうも走ってたの。なに考えてんだろうね」

「市のマラソン大会に出るつもりらしいわ」

「え、マラソン?」

「このところ、学校へ行くまえに、ずっと走ってるんだって。倉田《くらた》さんが聞いても、なかなかいわないらしいけど、どうもマラソン大会に出るつもりらしいって」

「どうしてわかったの?」

「申《もう》し込《こ》みの用紙が送られてきたんだって」

「ふーん」

そうだったのかとルミは思った。このあいだエレベーターで出くわしたときも、あせをダラダラかいていたっけ。

「でも、なんでまた、マラソンなの?」

ルミはトーストをかじりながらつぶやいた。

「リョウくん、なにか心に決めたことがあるのよ」

と、お母さんがいった。

「そうかなぁ……」

時計を見ると、もうすぐ九時になるところだった。

……シャワーをあびて、リョウは舞《まい》とデイトってわけか……。

ふたりは映画《えいが》を見に行くというのに、自分はどこへ行く予定もない。

ルミは、広い原っぱにポツーンとおきざりにされているような気持ちだった。

時間が、やたらと気になった。といって、リョウが実際《じっさい》に出かけるかどうか、見張《みは》るなんて、
そんなことは死んでもしたくなかった。

見張ってて、ふたりが肩《かた》をならべて出かけるのを見たら、ますますみじめだと思う。

お昼まで、ルミは自分の部屋でぼんやりすごした。

なんにもやる気がおきなかった。

お昼近くなって、やっと起《お》きたらしいお父さんが、

「おーい、だれもいないのかー」

と叫《さけ》んでいる声が聞こえた。

お母さんに言いつけられていたことを思い出して、ルミがあわててごはんをしたくすると、
お父さんは、新聞を片手《かたて》に食べながら、

「おまえ、どこかぐあいがわるいのか？」

と、聞いた。

「ううん、どうして？」

「なんだか、ぼうっとしているみたいだから」

「ぜんぜん。元気だよ。ホラッ！」

ルミは両手をぎゅっとつきあげて見せた。


三時すぎに、お母さんが帰ってきた。

「ね、ね、きょう、信二《しんじ》がタイムリーヒット、うったのよ」

と、興奮気味《こうふんぎみ》にいって、水道の水をおいしそうに飲んだ。

「あなたも早起《はやお》きして、見にくればよかったのに」

テレビを見ているお父さんがなんの反応《はんのう》もしめさないので、お母さんはルミを相手に、弟の活躍《かつやく》のようすをひとしきり話した。

「リョウくんも見てたのよ」

「えっ、リョウくんが？」

「そう、信二《しんじ》がヒットをうったので、キャーキャーさわいでいたら、うしろから、『信二くん、すごいね、おばさん』って声がするじゃない。ふりかえったら、リョウくんがいたの」

「リョウくんも、見に行ったのかしら？」

「友だちと釣《つ》りに行ってたみたいよ。自転車に釣りざおがのってたから」

「友だちと……？」

ルミはとっさに舞《まい》の顔がうかんだ。

「そう。外国人みたいだったけど、あの子、だれ？」

「あ、その子、ブラジルから来た子だと思う」

カルロとかいう子だ。

いじめられているといううわさを、ランちゃんから聞いたことがあった。

「ほう、ブラジルの子がいるのか」

テレビでプロ野球を見ながら、お父さんが口をはさんだ。

「リョウくんといっしょに楽しそうに見てたわよ」

……じゃあ、リョウくん、カルロとかいう子と釣りにいったんだ。舞とのデイトには行かなくかったんだ……。

なんだか急に元気がわいてきた。

「お母さん、今夜は、ごちそう作らなくっちゃね。信二《しんじ》が、タイムリーヒットを打ったんだもん」

ルミは、はずんだ調子でいった。

「わたし、手伝う！」

6

月曜日の朝、ルミは早起《はやお》きして、土手の上に立っていた。

秋風がさわやかで、こんな中を走るのは気持ちがいいかもしれないと思いながら、リョウが走ってくるのを待っていた。

やがて、遠くに、リョウがやってくるのが見えた。青いトレーニングパンツに半そで姿《すがた》のリョウが、しだいにはっきり見えてきた。

見たこともないような真剣《しんけん》な顔だった。

あせが朝日にキラキラ光っている。

リョウは、ルミが立っているのに気がつくと、

（なんで、おまえがここにいるんだ？）

といった顔をした。

ルミはだまって、リョウにならんで走りだした。

（な、なんだよ、おまえ！）

リョウはそんな表情《ひょうじょう》をしたが、なにもいわなかった。

ふたりはだまって走った。

百メートルもいけば、二人の住むマンションだ。

マンションの玄関《げんかん》で二人は足をとめた。

「はい！」

と、ルミは手ににぎっていたタオルをリョウにさしだした。リョウはすなおに受けとって、顔のあせをふいた。

「せんたくして返す」

「いいよ。リョウくん、市民マラソン大会に出るんだって？」

リョウは「えっ」という顔をした。

「おまえも、出るの？」

「え、そ、そう！」

「ほんとかぁ、ウソだろ？」

「ウソ。うふふ」

そのとき、エレベーターがおりてきた。どこかのサラリーマンみたいなおじさんが、せかせかとでかけていった。

エレベーターにのりこみながら、ルミはきいた。

「ね、どうしてマラソンなの？」

「かんけーねぇだろ……」

リョウはそういってボタンをおす。2と7。

その姿勢《しせい》のまま、リョウがボソッといった。

「おれ、なんでも中途半端《ちゅうとはんぱ》だったからな……。なにかビシッと決めてぇんだ」

リョウのせなかがたくましく見えた。

エレベーターはすぐに二階《かい》についた。

早すぎる……と、ルミは思った。

「じゃあね。がんばって……」

返事はなかった。

ルミがおりる。

エレベーターのドアがしまりかけたとき、

「あ、リョウ！」

と、ルミが叫《さけ》んだ。

ドアがまた開いて、リョウが「なに？」という顔をしてこちらをむいている。

ルミはニコッと笑《わら》いながら、

「リョウ、だーい好き！」

といった。

「ばーか……」

リョウはてれくさそうにいうと、いそいでドアをしめた。

「いっちゃった……！」

ルミは肩《かた》をすぼめて、チロッと舌をだした。

そのひとこと。

この一週間、胸《むね》をふさいでいたものがスウーッと消え、新鮮《しんせん》な酸素《さんそ》が体の中にはいってゆくような気がする。

「ばーか」といったあとのリョウは、笑顔《えがお》だった……確《たし》かに笑顔だったと、ルミは思う。

思わずハミングが出た。

ルミはあしたの朝もつきあってやろうと思った。

もし、きみのカバンにラブレターがはいっていたら、どうする？
それも、だれだかはっきりわからないラブレターが！
お母さんにも、お父さんにも、兄弟にだって相談できないよね。
でも、ちょっぴりうれしい気持ち。
だって、だれかが自分のことを気にいってくれているのだもの。
悪い気はしないよね。
たしかに悪い気はしないけれど、どうすればいいのか、頭を悩《なや》ますことになる。
うれしいけど、ちょっと困《こま》る。
ちょっと困るけれど、やはりうれしい。
さて、どうすればいいか。
つぎの話は、そういう目にあったコウタくんの話だ。

グサッ！

1

「コウタ、ナイター見るのは、宿題すませてからにしなさい」

夕飯のあと、ソファにねそべってテレビを見ていたら、お母さんのイライラした声がとんできた。

ひさしぶりの巨人阪神戦《きょじんはんしんせん》なのにぃ……。

でも、さっきからもう何回も注意されている。そろそろ限界《げんかい》だなと思って、ぼくはのろのろと二階《かい》の子ども部屋へあがっていった。

子ども部屋はずっとアネキと共有だったが、この春、中学三年生になったアネキが、コウタといっしょだと受験勉強に集中できないといいまくって、とうとうお父さんの部屋をとってしまった。

お父さんはおれのいる場所がないとブツブツいっていたけれど、「受験」といわれると部屋を明《あ》け渡《わた》さないわけにはいかなかったらしい。

それで子どもも部屋をひとりじめできるとよろこんだのはつかの間、自分の部屋をとられたお父さんが、ぼくの部屋のアネキの机《つくえ》を使うといいだした。

ぼくにとってはいい迷惑《めいわく》だ。お父さんがそばにいると、なんだか緊張《きんちょう》してしまう。

だけど、お父さんはいつも帰りはおそいし、そうしょっちゅう部屋を使うわけではないから、まあ差し引き、ちょっとトクをしたってとこだ。

気分は半分、下のテレビの方に残したまま部屋へ行き、宿題をしようと、ぼくはかばんから算数の教科書とノートを出した。

そのとき、なにかがポトッと足もとに落ちた。

……ん？　なんだ？

足もとに白いものが落ちている。

かわいらしい花もようのついた四角い封筒《ふうとう》だった。

うらを見てドキンとした。
「五年二組女子」とだけ書いてある。
ぼくは思わずキョロキョロとあたりを見まわしてしまった。
「杉本《すぎもと》　コウタ様」
と、表に書いてある文字がきれいだ。
……たしかに、女の子の文字だ！
ぼくはドキドキしながら、封《ふう》を開いた。
かわいらしいパンダの絵のついたびんせんが二枚《まい》はいっていた。
パソコンで書いた手紙だった。

『コウタさま
わたしはコウタくんが好きです。』

一行目を読んだだけで、ぼくは顔がポーッとなって、あわてて、半開きだったドアをしめにいった。

『コウタくんは、勉強はわたしとどっこいどっこいだけど、ときどき、おもしろいことをいったり、したりして、みんなを笑わせてくれます。わたし、杉本《すぎもと》くんみたいな明るい人がだいすきです』

「勉強はわたしとどっこいどっこい」のところで、ぼくはクラスの何人かの女の子の顔を、かわいい順に思い浮《う》かべた。

どっこいどっこいだというと、竹下《たけした》やよいかな？

それとも山田《やまだ》カリンか？

いや、あいつはゼッタイおれより下だな。

それにウサギをかっているくらいだから、パンダのびんせんってことはないよな。

じゃあ、木下《きのした》マリ？

いや、あいつじゃない。あいつはこんなきれいな字は書かない。ぼくは封筒《ふうとう》の文字を見ながらそう思った。

どうも、ピンと思いあたる子がいないまま、ぼくは先を読んだ。


『春の遠足のとき、川崎《かわさき》さんがくつを川に落としたら、ズボンがぬれるのもかまわず取りにいってくれたのを見て、感動しました。』


あ、あれはその前に、テツちゃんとユウイチと三人で、川の浅瀬《あさせ》でふざけっこして、パンツまでぬらしてしまっていたからジャブジャブはいっていけたんで、そんな感動されるようなことじゃなかったんだ。

あのできごとを知っているということは、あの場にいた女子……?

……くつを流した川崎さんだろ……。矢崎《やざき》サキもいたな。手塚《てづか》アオイもいた……。

ほかには……えーと。

ぼくは春の遠足のときのことを思いだしていた。

ほかにあそこにいたのは……。

あ、そうだ。三尾《みお》さんもいた！

三尾アユミさん！

これ、三尾さんか？

三尾さんは、勉強の方はたしかにぼくと「どっこいどっこい」だな。

ぼくはとちゅうまで読んだ手紙を、あらためて見直した。

2

三尾アユミさんというのは、正直いうと、ぼくのタイプの子だ。

ものしずかで、やさしい。白いシャツに紺色《こんいろ》のスカートがとても清潔《せいけつ》な感じがするし、指でさわりたくなるようなえくぼがかわいい。

それに、とてもよく気がつく。

いつだったか、給食当番の子がスープをこぼしたとき、さっとぞうきんを持っていってふいていたのは、三尾さんだった。

三尾《みお》さんっていいなぁ……と、ぼくはひそかに思って、遠くからあこがれていたんだ。

「三尾アユミさん……」

ぼくは三尾さんの名前をそっといってみた。

なんだか、こそばゆい。顔が赤くなった。

手紙の先を、三尾さんの顔を思《おも》い描《えが》きながら読んだ。

もう、三尾さんがぼくに語りかけているような気分になっていた。


『杉本《すぎもと》くんがわたしのことを好きだったらいいなぁと思っています。

わたしはいつも杉本くんのことを考えています。ふたりでディズニーランドへ行きたいなぁなんて、夢《ゆめ》みたいなことを思ったりしています。

こんどのバレンタインデーをお楽しみに。

五年二組の女子より』

読みおえても、ぼくは手紙を持ったまま、ポーッと机《つくえ》の前にすわっていた。

初めてもらったラブレター。

まだ、胸《むね》のさわぎがおさまらない。

「三尾《みお》さん……」

もう一度、そっとその人の名前を口にしてみる。

今はまだ九月の末だから、バレンタインデーはまだずっと先のことだけど、考えただけでも、胸がドキドキする。

と、そのとき、下の方から、お母さんの声が聞こえた。

「コウター、テツヤくんから電話よー」

夢《ゆめ》の中をさまよっていたぼくは、目のまえでシャボン玉がパッとはじけたみたいに、ゲンジツにひきもどされた。

おりていくと、お母さんが受話器をわたしながら、

「テツヤくんから。長話しないでよ」

とささやいた。

いちいちうるさい。

「もしもし」

「あ、コウタ。算数の宿題は、どこだったっけ、おしえて」

「教科書の五十三ページだよ」

「ぜんぶ？」

「そう、ぜんぶ」

「サンキュー。そいでさ、聞いた？」

「なんのこと？」

「ユウイチのこと」

テツちゃんはゲラゲラ笑いながら、ユウイチが学校の帰りにイヌに追いかけられて、ドブにおっこちた話をしだした。

テツちゃんの電話はこれだから、お母さんが顔をしかめるんだ。

ほら、お母さんがこっちをにらんでる。

で、適当《てきとう》なところでぼくが電話を切ろうとしたら、あ、そうそうといって、ぼくがドキンとするようなことをいった。

「きょうさ、帰りにくつ箱《ばこ》のところでさ、三尾《みお》がおまえの方をじっと見てたぞ。気がついた？」

「え、えっ。ほんと？」

「うん。だれを見てるのかなと思ったら、おまえだった」

「うそだぁー！」

「ほんとだったら」

お母さんがこわい顔して、しきりに受話器をおけと合図している。

「それでな」

テツちゃんの話がさらに長くなりそうなので、

「きっと、考えごとでもしてたんじゃない。じゃあ、切るよ」

と、さっさと切ってしまった。

「男のくせに、あんたたちよくしゃべるわね」

お母さんがイヤミをいった。

自分なんか、一時間くらい平気でしゃべってるくせに。

でも、今夜のぼくは、イヤミをいわれても腹《はら》が立たなかった。お母さんのイヤミさえ、心地《ここち》よく聞こえたくらいだ。

ぼくをじっと見ていたんだって、あの三尾《みお》さんが！

きっと、ぼくのカバンにいれたあの手紙のことを考えていたのにちがいない。

これで決まりだ。

ぼくに手紙をくれたのは三尾さんだ。

部屋へ帰って、あらためて手紙を見る。

なんど読みかえしても、ニヤニヤしてしまう。

さて、返事はどうしよう。

いやまてよ。

三尾さんだと思うけど、もし、万一ちがっていたら、どうする……。

返事はもうちょっとようすをみてからにした方がいい。あわてて書いて、ハジをかいちゃいけない……。

ぼくは手紙を机《つくえ》のひきだしにしまって、ようやく宿題にとりかかった。

宿題をおえて、三尾さんの手紙をベッドで読み直していると、興奮《こうふん》して眠《ねむ》れなくなった。

時計を見たら、一時。

朝ねぼうして遅刻《ちこく》でもしたら、「コウタくんて、だらしない人」だなんて、三尾《みお》さんに思われたらこまる。

ぼくは初めて女の子からもらった手紙をまくらの下に置くと、それをだきかかえるようにして、むりやり目をつぶった。

3

つぎの日、朝ねぼうするどころか、いつもより早く目がさめた。
目がさめたとたん、三尾さんの顔がうかんで、そわそわしてしまう。
校門が見えたとたん、ドキドキして……。
気にするなという方がムリだ。
女の子に初めて手紙をもらったんだもの。
それも、ラブレターだよ！
「杉本《すぎもと》くんが好き」だって！

ニヤニヤするなって方がムリだよ。

その日初めて三尾《みお》さんに「ご対面」するとき、どんな顔をしたらいいのかわからないまま、不安な気持ちをかかえて教室へはいる。

三尾さんがいた！

むこう向きで、友だちと話している。

ホッ！

三尾さんの席は、右どなりの列の三つ前だ。ぼくの席からは横顔が見える。

ぼくはさりげなくふるまいながら、チラッ、チラッと三尾さんを見た。

あ、三尾さんがふりむいた。目があう。

「おはよう」

いつものように三尾さんが小さな声でいって、ニコッと笑《わら》った。

えくぼがかわいい。

「お、おはよう」

ちょっと声がうわずってしまった。

三尾《みお》さんはいつもとちっとも変わらなかった。ぼくにあんな手紙をよこして、いつもと変わらない顔でいられるなんて、女の子って、すごい！

ぼくは、いつもアネキがいっていることばを思いだした。

「女の子の方が、ほんとうは強いんだよ。そのうちにわかるよ、あんたにも」

三尾さんを見て、アネキのことばになっとくした。

ぼくはその日、だれにも気づかれないように、三尾さんを観察《かんさつ》した。

三尾さんはぼくと目があうと、ニコッとわらって目をふせる。

あの「ニコッ」はビミョウだ。

どういう意味だか、よくわからない。

こまったなと思った。

あの手紙を書いた「女子」が、絶対《ぜったい》に三尾さんであると、確《たし》かめる方法はないのだろうか？

まさか、「これ、三尾さんがくれたの？」と、直接《ちょくせつ》、手紙を見せてきくなんて、勇気はない。

だとしたら、どうすればいい？

昼休みになった。

給食をイの一番に食べおえたテツちゃんに、

「おい、コウタ、ドッヂボールやろうぜ」

と、声をかけられたとき、ぼくはあいまいに返事をした。

「どうしたんだよ。からだのぐあいでも悪いのかよ？」

「うん、ちょっと、だるいんだ」

「寝不足《ねぶそく》か？」

テツちゃんは鋭《するど》い。

「うん。まあそんなとこかな」

「じゃあ、保健室《ほけんしつ》で休んでろよ」

「だいじょうぶ。あとから行くよ」

教室にだれもいないのを確《たし》かめて、ぼくはカバンから、あの手紙をそっとひっぱりだした。

そして、「五年二組女子」や「杉山《すぎやま》コウタ様」の文字と、掲示板《けいじばん》にはってある三尾《みお》さんの作文の文字を、じっくり見くらべた。

けれども、確信《かくしん》を持って「おんなじ」だとはいえない。ビミョウにちがうような気もする。

がっかりして、ぼくは窓《まど》からぼんやり外をながめていた。

するとそのとき、だれかが教室にかけこんできた。

ふりかえると、三尾《みお》さんだった。

「あら……」

と、いった表情《ひょうじょう》で、三尾さんはほほえんだ。

ぼくは顔が赤らんでくるのを感じた。

三尾さんはハンカチをとりにきたみたいで、カバンの中からとりだすと、おでこにあてながら、

「杉山《すぎやま》くん、ぐあいが悪いの？」

と、きいた。やさしい声だ。

「だ、だいじょうぶ……」

「そう……」

それだけいって、三尾さんは教室を出ていこうとしてふりかえった。

「きょうは日ざしが強いから、休んでいた方がいいわ」

「うん……」

なんてやさしいんだ。

三尾《みお》さんがさったあとも、ぼくはじっと影《かげ》を追うように、教室の入り口を見つめていた。

わけもなく、やっぱり、あの手紙は三尾さんがくれたんだと思った。


その夜、ぼくは手紙を書いた。

三尾さんは返事を待《ま》っているはずだ。たぶん、返事がほしいけれど、自分の名前を書くのははずかしいから、書かなかったのだろう。

「三尾アユミ様」と書いて、大きく深呼吸《しんこきゅう》をした。

三尾さんのえくぼがうかんだ。


『お手紙ありがとう。うれしかったです。』

そこまで書いて、また深呼吸《しんこきゅう》した。

このあとをどう書いていいか、わからなかった。そこで、あの手紙をひろげ、それにあわせて書くことにした。

『ぼくも三尾《みお》さんが好きです。三尾さんはやさしいし、よく気がつくし』

そこでえんぴつがまたとまった。

そして、思いきって「えくぼがとってもかわいい」と書いた。書いたそばから、はずかしくなって、あわてて消した。

消してしまうと、なんとなく書きたりないような気がして、また書いた。

「勉強はわたしとどっこいどっこいだけど」というところは、「勉強もできるし」と書いた。

『ときどき、おもしろいことをいったり、したりして、みんなを笑《わら》わせてくれます。わたし、杉本《すぎもと》くんみたいな明るい人がだい好きです』

というところは、

『でしゃばらないし、それでいて、いやなことでも進んでやるから、えらいです。ぼくはヤマトナデシコというのは、三尾《みお》さんみたいな人のことだろうと思います。』

と書いた。最後のところは自分でもなかなかいいと思った。

実は、おじいちゃんが女の人をほめるときに、「ヤマトナデシコ」ということばをよく使うんだ。

それから、表に「三尾アユミ様」と書いた。普通《ふつう》の封筒《ふうとう》しかなかったので、ちょっとダサイかなと思ったけど、まあ、いいや。

封筒のうらに、なんと書こうか？

杉山《すぎやま》コウタと書くか？

それとも、「五年二組男子」と書くか？

まよったあげく、「五年二組男子」と書いた。

こう書けば、あの手紙を書いたのが三尾さんだったら、ぼくからだとわかるし、万一そうでなかったら、だれからの手紙かわからないから、はずかしい思いをしなくてすむ。

われながら、グッドアイディアだ。

しっかり封《ふう》をした手紙を、カバンの中にしまうとき、ぼくはまた三尾さんのえくぼを思いだし、ドキドキした。

4

つぎの日、手紙をいれたカバンを気にしながら教室へはいる。

いつわたそうか、それともやめようか、ふんぎりがつかないまま、授業《じゅぎょう》が始まった。そしたら、手紙のことなど忘《わす》れてしまうようなことがおきてしまった。

朝飲んだ冷たい牛乳《ぎゅうにゅう》がいけなかったのか、一時間めの終わりごろから、おなかがおかしくなってきたんだ。

でも、学校でうんちをするのは気がひける。

それで、がまんにがまんを重《かさ》ねていたが、二時間めが終わったころには、どうにもがまんができなくなってしまった。

ぼくは、二十分休みで、みんなが運動場へ行ってるときをみはからって、トイレへかけこんだ。

ホッと一息《ひといき》ついて、出ようとしたとき、だれかが飛びこんできた。

「テツちゃん、やっぱり、あれ、ヤバイよ」

「ヤバイかな。でも、笑《わら》っちゃったよ、おれ」

あ、テツちゃんとユウイチだ。

ならんでオシッコをしながら話しているようだ。ぼくはふたりが出ていくのを、ドアのノブをにぎったまま待《ま》っていた。

「コウタ、本気にしたみたいだね」

突然《とつぜん》、ぼくの名前が飛びだしたので、びっくりして聞き耳を立てた。

「おれたちになんにもいわないだろ、手紙のこと？」

「うん、いわない。だからヤバイんだよ、テツちゃん。コウちゃん、本気にしているから、おれたちに話さないいんだよ」

「そうか、まいったな……」

ふたりはそういいながら、ドタドタとトイレを出ていった。

テツちゃんがいっていた「手紙のこと」って、なんのことだ？

えっ、あの、三尾《みお》さんの手紙のこと？

「本気にしている」といったユウイチのことばが、不安をひろげた。

「本気にしている」とはどういう意味？

ぼくはトイレを出て教室にいった。

すると、階段《かいだん》のおどり場で、テツちゃんとユウイチが、ゲラゲラ笑《わら》いころげていた。ぼくは足をとめ、かくれたまま聞き耳をたてた。

「あいつさ、三尾さんの方をじっと見てるんだ」

「うるんだ目で！」

「そう、うるんだ目で！」

また、はらをかかえて笑った。

「あいつ、ひょっとしたら、三尾さんに手紙を書く気になってるぜ」

「そんなことしたら三尾さんまじめだから、大そうどうになっちゃうよ。まずいよ、タツちゃん」

「まさか、あんなにかんたんにひっかかるとは思わなかったんだよなぁ」

あの手紙は……！

ぼくは頭から冷や水をぶっかけられたような気分だった。

グサッっとぼくの心に刃物《はもの》がつきささった。

カッと頭に血がのぼる。

怒《いか》りとはずかしさでいっぱいだった。

からかわれているとも知らず、あの手紙をほんとに女の子からきた手紙だと思いこんで、ウヒウヒ喜んでいた自分が、なさけなくて、はずかしくて……。

ぼくは二人の前に出ていって、

「ひどい。ぜったい、ゆるせない！」

と、どなりつけてやりたかった。でも、足がすくんで、出てゆくことも、そこから逃《に》げていくこともできず、ぼくはふるえながらつっ立っていた。

「もう、やめた方がいいよ、タツちゃん」

「そうだな。じゃあ、どうしたらいいかな？」

「正直にあやまった方がいいよ」

「あいつ、怒《おこ》ってヘソ曲げないかなぁ？　おれ、軽い気持ちでやったんだけどな。」

「軽い気持ち」ということばが、また、グサッときた。「軽い気持ち」でだまされたぼくは、ばか丸出しじゃないか。

ひどいよ。

でも、出てゆく勇気はなかった。

ぼくはそうっとそこをはなれた。


昼休み。

おなかの調子もよくなったので校庭に出ると、テツちゃんとユウイチが、ぼくを待《ま》っていた。

てれくさそうな顔をして近づいてくると、まず、テツちゃんが口をひらいた。

「あのな、コウタ、話があるんだ」

そういったときだ。

ぼくたちのあいだにコロコロとドッヂボールがころがってきた。

「コウタくーん、おねがーい！」

三尾《みお》さんが手をあげている。

「いっしょにやらない？」

「うん！」

ぼくはテツちゃんたちをムシし、ボールを拾って三尾さんたちのところへかけていった。

すこしばかり、テツちゃんたちにいじわるをしてやれ。いいきみだと思った。

ふたりは、ぼくにあやまるつもりでいたのに軽くいなされて、ぼけっとこっちを見ている。

ざまぁみろだ。

その日の帰り道、ぼくはふたりをさけるようにさっさと校門を出た。

テツちゃんたちに対する怒《いか》りは、もうだいぶおさまっていたが、このままだまされたふりをして、ふたりをオタオタさせてやろうという、すこしいじわるな気持ちになっていた。

ふたりは、きっと、どこかで待《ま》っているにちがいない。

そんなことを考えながら歩いていると、うしろから、「コウタくん」と小さな声が聞こえた。

ふりかえると、なんと三尾さん！

三尾さんは体操着《たいそうぎ》ぶくろを両手でもったまま、ちょっとうつむきかげんに、下からぼくを見上げ、ニコッと笑《わら》った。

やっぱり、えくぼがかわいい。

「あ……、なに？」

と、ぼくはぶあいそうにいった。

三尾《みお》さんはもじもじしていたが、体操着《たいそうぎ》ぶくろから、小さな封筒《ふうとう》をだし、ぼくにさしだした。

「………ん！」

「招待状《しょうたいじょう》、お誕生日《たんじょうび》の……」

三尾さんは消えいりそうな声でいうと、ぼくに手わたし、タッタッタとかけていって、クルッとふりかえり、いった。

「きっと、きてね……」

誕生日の招待状……急に胸《むね》がドクドクしてきた。

三尾さんが誕生日にぼくをまねいてくれるらしい！

キョロキョロっとあたりを見まわし、ぼくはその封筒をポケットにねじこんだ。

三尾さんが、ぼくに！

なんだかわからないが、これは夢《ゆめ》じゃない！

顔がカッカとほてって、自然と足が早くなる。

ぼくがテツちゃんとユウイチのこともすっかり忘《わす》れて、急ぎ足に花房《はなぶさ》公園の横を通りがかったときだ。

「コウタクーン！」

その声で、ぼくはハッとわれに返った。

テツちゃんとユウイチがいた。

「あのな、コウタ、おれ、おまえにあやまんなくちゃいけないんだ」

テツちゃんが神妙《しんみょう》な顔をしていった。

「なあに？」

ぼくはしらばっくれている。

「じつは、あのな、その…」

テツちゃんはいいにくそうにもじもじしている。

「なんだよ。テツちゃん、ゲームならまだ返さなくっていいよ」

「いや、そんなんじゃないんだ。その……」

「あ、このまえ貸《か》したマンガの本のこと？」

「いや、ちがうんだってば。あのな、じつはな、おれがさ……」

ぼくはおなかの中でゲラゲラ笑《わら》いころげている。

「ぼくの机《つくえ》に落書きしたこと？　それなら、もうなんとも思ってないから、安心していいよ。軽い気持ちだったんだよね、軽い気持ち」

「そんなんじゃないって。あのな……、えっ、軽い気持ちでって、コウタ、おまえ！」

「あははは。おれ知ってたんだ、みんな。あれ、テツちゃんたちのいたずらだろ」

「ああっ！」

ユウイチとテツちゃんが口をあんぐりして、バカづらしてぼくを見ている。

ざまーみろだ。

「最初から、これはテツヤとユウイチがしかけたいたずらだなってわかってたんだ。それで、おもしろいから、だまされたふりをしてたってわけ！　あははは！」

「ほ、ほんと？」

ふたりが口をそろえた。

ぼくはげんなりしているふたりに、テレビの水戸黄門《みとこうもん》をまねて、最後の切り札をつきつけた。

「おれさまをだれだとこころえる。これが目にはいらぬか！」

三尾《みお》さんの招待状《しょうたいじょう》だ。

「なんだ、それ？」という顔で、ふたりは招待状に目を近づけた。

「三尾さんの誕生会《たんじょうかい》の招待状だぁ！」

「え、えーっ、うっそぉ！」

テツちゃんとユウイチが、悲鳴に近い声をあげた。

正真正銘《しょうしんしょうめい》のホンモノだい！

「グサッ！」と返りうちにした気分だ。

あっけにとられているふたりを残《のこ》して、ぼくはスキップしながらうちへ帰った。

女の子は、どういうわけか「うらない」が好きだ。
どうなるかわからない未来のことを、どうしてそんなに知りたがるのだろう？
未来はわからないからこそ、おもしろいのじゃないかな？
でも、女の子はよくうらないごっこをする。
この物語は、そんな女の子たちの「恋《こい》うらない」から、始まる。
きみたちも、やってみてごらん。
うれしい結果がでるか、悲しいうらないがでるか、それはきみの「運」しだいだ。

恋うらない

1

学校へ行く道にある『あけぼの公園』の花壇《かだん》に、白いマーガレットの花がいっせいに咲《さ》いた。

「あけぼの公園のマーガレットがきれいだよ」

カエデが友だちのモエにいったら、モエはきょとんとして、

「マーガレットって、どんな花？」

といった。

「えっ、マーガレット、知らないの？」

「うん。見たことあるかもしれないけど……」

「白くて、かわいい花だよ。うちのお母さんがいちばん好きな花だって」

「へぇ……。見たい、見たい」

というので、学校帰りにつれていった。

モエの家は公園の反対側だから、通学路《つうがくろ》はちがうのだけれど、

「ちょっと回り道をするくらいだもん、平気、平気」

といって、カエデとおなじ班《はん》の千秋《ちあき》も加わり、三人で公園へ行った。

マーガレットの花壇《かだん》が見えるところまできたとき、カエデが、

「あれがマーガレットだよ」

と、ゆびさすと、モエは、

「わあ、すてき！　あの花、見たことがある」

といって、かけだした。

「ほんとにきれいだね」

「花びらの白って、絵の具の白より白い感じがするね」

カエデたちはおしゃべりしながら、公園の南側に、はしからはしまで続いているマーガレットの花壇を見て歩いた。

カエデとモエは、まだ、三年生のころ、飼《か》いイヌが「えん」で友だちになった。

ある日、カエデが飼いはじめた柴《しば》イヌのリキを連れて散歩させていると、おなじような柴イヌを連れた女の子に出会った。

おたがい、学校で見たことのある顔だと思ったが、口をきいたこともなかった。散歩に出かけるたびにすれちがうので、ふたりはどちらかともなく話すようになった。

五年生になって、はじめておなじクラスになったときには、ふたりは思わず手をとりあってとびはねた。

カエデとモエはそんな仲《なか》である。

「マーガレットの花ことば、知ってる?」

と、千秋《ちあき》がいった。

「なぁに、なぁに?」

カエデとモエが顔をよせる。

「恋《こい》うらないだって」

「えっ、恋うらない! ほんと?」

「恋《こい》うらないやってみようか？」

「えっ、どうするの？」

「あのね」といって、千《ち》秋《あき》はマーガレットの花をチョンと折った。

「あ、いけないよ、千秋ちゃん」

「平気、平気よ。一つくらい」

モエがいった。

「さあ、やって！」

「こうして、一枚《まい》ずつ花びらをちぎっていくの」

と、千秋は花びらを一枚ずつちぎりはじめた。

「好き、きらい、好き、きらい。自分の好きな男の子を思いながらちぎっていって……好き、きらい、好き、きらい……あ、好き！　ほら、一枚残ったでしょ！」

好きの順番で一枚残ったら、思う相手が自分を好きだと思っているんだって。

きらいの順番で残ったら、自分のことがきらいなんだって。

「あー、よかった！」

と、千秋《ちあき》は花びらがひとつになったマーガレットを胸《むね》にだきしめて、ほんとうにホッとした表《ひょう》情《じょう》をした。

「ね、ね、だれなの、千秋ちゃんの好きな男の子って？」

カエデとモエがいきごんできいた。

「えへへ。さて、だれでしょう？」

「ずるい。おしえてよぉ」

「それはひみつでーす。それより、あなたたちもやってみて」

そこで、モエとカエデも、そうっと花をつまんでやってみた。

モエは「きらい」で一枚《まい》残り、カエデは「好き」の花びらが残った。

「えーん、えーん」とモエは泣《な》くまねをして、

「わたし、こんなの信じないよー」

といった。

「ね、ね、だれなの、モエちゃんの好きな子って？」

「千秋ちゃんこそ、だれなのよ？」

「ひみつって、いったでしょ」

「カエデはだれ？」

「いえっこないよぉ」

キャーキャーはしゃぎながら、花びらをむしっていると、通りがかりのおばさんが、

「あんたたち、よしなさい。そんなことしたら、花がかわいそうでしょ」

と、こわい顔をした。

「あ、ごめんなさい」

三人はあわててペコンと頭を下げた。おばさんはだまって、こわい顔のままいってしまった。

「一こくらいいいじゃない、ねぇ」

と、千秋《ちあき》がむくれた顔でいうと、

「一こくらいいいじゃないとはなんです。百こくらいいいじゃないといいなさい！」

モエがこしに手をあてて、おばさんのまねをしたので、おかしくて、カエデたちはケラケラ笑《わら》いころげて家へ帰った。

うちへ帰って、おやつを食べながら、お母さんに「恋《こい》うらない」のことを話すと、

「ああ、お母さんたちも、よくやったわ」

といった。

「ほんと？　じゃあ、お母さん、お父さんのこと思って花びらちぎったの？」

「あははは。お父さんと出会うずっとまえのことよ」

「じゃあ、ずっとまえは別な人だったの？」

「なあに、カエデ。そんなに熱心に聞くところをみると、だれか好きな人でもいるの？」

「いない、いない。いないよぉ」

カエデはあわててクッキーをかじった。


おやつを食べおえ、二階の子ども部屋へいく。お母さんにはああいったものの、カエデには好きな子がいた。

机《つくえ》のまえにピンでとめてある写真。

夏のキャンプのときのスナップ写真だ。

班《はん》ごとにカレーを作った。そのときの写真で、男子も女子もエプロンをして、指で作った

「V《ヴイ》」をつきだしている。

お母さんは、キャンプの記念写真だとばかり思っているようだけれど、カエデにとってはそれ以上の意味のある写真だった。

カエデのとなりのとなりに、白い歯を見せて良太《りようた》が笑《わら》っている。

カエデの好きな男の子だ。

マーガレットの花の恋《こい》うらないでは、「良太はカエデのことを好きだ」という。

『恋うらない』なんか、あてにならないとは思うけれど、カエデはうれしかった。

2

その夜のことだ。

「はいるわよ」

といって、カエデの部屋へ、お母さんがはいってきた。

「ね、これ、祐介《ゆうすけ》と行ってみない？」

お母さんは手に持ったチケットをカエデの目のまえにおいた。

祐介《ゆうすけ》というのは、二年生の弟のことである。

「なあに、これ？」

「水族館のチケット。応募《おうぼ》したら当たったの。ひさしぶりに葉子《ようこ》姉さんと行こうかなと思っていたのだけれど、行けなくなったのよ」

「どうして？」

「お父さんがね、きのうになって、来週の日曜日は部下がうちに来るからって、なにか用意してくれなんていうのよ。それで、行けなくなったのよ。楽しみにしていたのに……」

「水族館か、どうしようかなぁ」

「ほら、ドームの中を歩いて見る、スカイドームの水族館よ」

「え、ほんと！　じゃあ、行く。えーと、来週の日曜日ね。でも祐介とじゃねぇ」

カエデはとっさに良太《りょうた》のことが頭に浮《う》かんだ。

……良太くんと行けたら！

どんなにすてきだろうと思った。そう考えるだけで胸《むね》がドキドキしてくる。

「ね、カエデ、聞いてるの？」

「えっ、なに？」

すっかり良太《りょうた》の方へ気がいっていたカエデは、おもわず肩《かた》をすぼめた。

「何って、なによ。だから、したくがあるから、土曜日、デパートに行ってきたいのよ。それで、祐介《ゆうすけ》とおるすばんしてねって、いってるんじゃない」

「あ、わかった。うん、いいわよ」

「じゃあ、おねがいね」

お母さんはそういって下へおりていった。

机《つくえ》の上の二枚《まい》のチケット。

カエデの頭の中には良太がいて、もう、祐介の姿《すがた》はなかった。

……良太くんをさそって行きたい。でも……。

良太をさそうなんてとてもできそうになかった。

……だけど、花うらないじゃ、良太くんはわたしを「好き」だったわ。

良太は目立つ子ではない。スポーツも勉強もずばぬけてできる子ではなかった。どちらかといえば、口かずも少なくおとなしい方だ。

けれども、同じ班《はん》でみていると、とてもやさしく、人が気がつかないところに気づいて、だまってカバーしている。カエデはそんな良太《りょうた》を、いいなと思った。

……花うらないを信じて、思いきって手紙を書いてみようかな……。

カエデは自分を励《はげ》まして、手紙を書くことにした。ラブレターとはちがうと思うのだけれど、なんだかドキドキしてしまう。

いとこの高校生のミナミちゃんからもらった、うすい空色のびんせん。

最初に、『良太さま』と書いて、すぐにえんぴつがとまった。『さま』と書くと、なんだか、あの良太じゃないような気になって、『良太くん』になおした。

『良太くん
良太くんは水族館なんてきらいですか？
チケットが二枚《まい》あるのです。いっしょに行きませんか？
来週の日曜日（二〇日）。

てんじょうを大きな魚が泳ぐのが見られる、あのスカイドームの水族館です。

いっしょに行けたら、とってもうれしいです。

お返事くださいね。

青山《あおやま》カエデ』

そこまで書いて、カエデは考えた。

……良太《りょうた》くんが、この手紙を読んだとして、どうやって返事をもらう？

そのことも書いておかなきゃと思った。

良太から手紙をもらえたら、最高にうれしいけれど、あのおとなしい良太が手紙を書くとは思えなかった。

それで、いろいろ頭をめぐらしていると、いいアイデアを思いついた。

カエデは最後のところに、こう書きくわえた。


『イエスなら「Y《ワイ》」、ノーなら「N《エヌ》」の文字を、教室の黒板の右すみに書いてください。』

これなら、だれにも気づかれずに、返事がもらえる。

ふたりだけの暗号だ！

「うん、すてきなアイデア！」

カエデは、黒板の右すみに、「Y」の字が書かれている光景を想像《そうぞう》して、思わずニヤッとした。

3

つぎの朝、カエデは手紙をカバンにしのばせ、祐介《ゆうすけ》といっしょに家を出た。

歩きながら、どうやって手紙をわたすかを考えた。

机《つくえ》の中に、そっといれておく。

でも、良太《りょうた》のことだから、気づかず、ノートなんかをだすときに、ポトッとおっことすかもしれない。そうなったら、大変だ。

だれもいないときをみはからって、そっと手わたす……か。

でも、良太《りょうた》はいつもだれかといっしょだし、それに、手わたすなんて、とてもそんな勇気はなかった。

あれこれと考えながら歩いていると、いつのまにか『あけぼの公園』のところに来ていた。

マーガレットが朝日をあびてかがやいている。

「祐《ゆう》ちゃん、先に行ってて」

と、弟を先にやって、カエデは公園に入っていった。もう一度花うらないをしてみようと思ったのだ。

カエデは目をつぶってマーガレットの花を一つたおり、「好き」「きらい」「好き」「きらい」「好き」……と、つぶやきながら、一枚《まい》一枚ちぎっていった。

あ、「好き」！

やっぱり、「好き」のところで一枚花びらが残った。これで、二回とも「好き」だといううらないだ。カエデはうれしくて、その花びらをそっとスカートのポケットにしまった。

交差点で信号待《しんごうま》ちしていると、モエが、

「おはよう！」といいながらかけてきた。

「おはよう、カエデ」

モエはようやく息をととのえると、カエデの顔をのぞきこんでいった。

「なにかいいことあったんだ、ニヤニヤして？」

エッと、カエデは思わず顔に手をあてた。

「なにもないよ。どうして？」

「だって、ニヤニヤしてたじゃない」

「うっそー！　ニヤニヤなんかしてないよぉ」

「ああ、あわてでるとこみると、ますますあやしい！」

「もう！」

信号が変わった。ふたりはじゃれあいながら、学校へのだらだら坂をのぼっていった。

教室へはいると、まだ良太《りょうた》は来ていなかった。

カエデはカバンの中の手紙が気になった。カバンの中にいれたままにしておくと、だれかにすぐに見つけられてしまうような気がする。といって、ポケットにしまったら、どこかにおっことしてしまいそうだ。

それで、カエデは机《つくえ》にカバンをおいて、かかえこんだまま動かなかった。いや、動けなかったのだ。

「どうしたの、カエデ?」

と、モエが首をかしげたが、カエデはちょっと気分が悪くなったといって、そのまま机にうつぶしていた。

「だいじょうぶ? 保健室《ほけんしつ》へ行ったら」

「うん。すこし、こうしてる」

「じゃあ、ここにいてあげるよ」

モエはそういうと、はすむかいの自分の席にすわって学級文庫から選んできた本をひろげた。

「本を読んであげるよ」

「いいよ、遊びに行っておいでよ」

「いいから、いいから。親友がぐあいが悪いってときに、遊びに行けるかい。さ、おとなしく聞いてなさい」

モエは読み聞かせがうまい。登場人物の声をいろいろ工夫して使い分けるし、セリフに感情《かんじょう》をこめるから、聞いていておもしろかった。

カエデは聞きながら、モエがさっきいった「親友」ということばを、ひさしぶりに聞いたように思った。


あの夏のキャンプの夜だった。

消灯時間《しょうとうじかん》になって、歯みがきに外の流しまでいった帰り、モエが空をあおいでいった。

「見て、見て。すごい星！」

満天《まんてん》の星だった。

「あ、流れ星！」

そのとき、モエがなにかゴニョゴニョとつぶやいた。

「ね、カエデ、わたし、いま、流れ星に願いごとをしたよ」

「願いごと？」

「流れ星にするとかなうっていうじゃない」

「それで、なにを願ったの？」

「ふふふ。カエデとずっと親友でいられますようにって」

「あ、だったら、わたしもすればよかった」

「だいじょうぶ、わたしがしといたから。ずっと親友でいようね」

「うん。ずっとね」

「うらぎっちゃだめだよ」

「うん、約束する」


モエはいまもカエデのために、そばにいて本を読んで、親友をなぐさめてあげようとしているのだと、カエデは思った。そう思うと、胸《むね》がいたくなった。

仮病《けびょう》を使っている自分が、ずいぶんとひどいことをしているような気がしてきた。でも、いまさら、ウソでしたとはいえない。

カエデはうつぶしたまま、心の中でモエに「ごめんね」とささやいていた。

二十分休みも、お昼休みの時間も、カエデはあの手紙をずっとカバンの中にしまったままごした。とても、良太《りょうた》に手わたすことなどできっこないと思った。

思っただけでドキドキする。胸《むね》の鼓動《こどう》が、そばの人に聞こえているのではないかと思うくらいだ。それに、顔までほてって、モエが顔をのぞきこんで、

「やっぱり、熱があるんじゃない？」

といったほどだ。

とうとう、その日一日、カエデは手紙を良太《りょうた》にわたすことはできなかった。そのことばかりが頭にあって、一日中ほとんど空中をフワフワ浮《う》いているような気分だった。

モエほど敏感《びんかん》でない千秋《ちあき》までが、

「きょうのカエデは、ちょっと変だ」

といいだすしまつだった。

「早く帰って、休んだ方がいい」

と、帰りぎわモエがいった。

4

キャンプの写真の良太《りょうた》をながめながら、カエデはため息をついた。となりの席の孝一《こういち》にならなんでもいえるのに、どうして良太だと緊張《きんちょう》するのだろう。

……好きだから？

きっとそうにちがいない。好きだと思うから、その人のまえにゆくと緊張してしまうのだ、きっと。

写真の良太は、V《ヴィ》サインをした手をこっちへのばしている。カエデはその手に、「ハイ！」と、その手紙を手わたしたかった。良太はすっと素直《すなお》にその手紙を受けとってくれるような気がした。

……そうだわ。いろいろ考えるからいけないのよ。あしたの昼休み、良太のカバンにさっといれよう。よし！

つぎの朝、カエデは心に決めて家を出た。『あけぼの公園』で、祐介《ゆうすけ》をまた先に行かせて、ねんのためマーガレットの花びらでうらなってみる。やはり「好き」だった。

カエデは自信をもって歩きだした。

すると、交差点にモエが立っていた。ここでモエが先にいるのは、めずらしいことだ。いつもはカエデが先に来ていて、モエはカバンを鳴らしてかけてくる。

「モエちゃん、きょうは、早いね」

「あ、カエデ。けさはなんだか早く目がさめたんだよ」

「雨がふるかな」

「こいつぅ」

なにかあったのかなとカエデは思ったが、モエのようすはいつもとおんなじに思えた。ふたりはふざけあいながら、学校への坂道をのぼっていった。

昼休みのことである。

カエデはクラスメイトが運動場へ出てしまったのをみはからって、良太《りょうた》のカバンに手紙をいれた。ドキドキしたが、あれこれ考えずに、さっさと行動した。思ったよりあっけなくできた。

みんなにおくれて運動場に出ていくと、

「あ、カエデ。どこにいたのよ」

と、モエがかけてきた。

「さっきから、さがしてたんだよ」

そういうと、モエはカエデのうでをとって、

「ね、ちょっときて」

と、グイグイひっぱっていく。

「どこ、いくのよ？」

「いいから、いいから。ちょっと、話、聞いてほしいんだよ」

モエはカエデをにわとり小屋のある中庭の方へ連れていった。そこはひっそりとして、運動場のさわぎもかすかに聞こえるくらいだ。

モエは中庭の入り口で足を止めると、真剣《しんけん》な顔をしていった。

「カエデ、お願いがあるんだ」

「なあに？」

「これ」

と、モエはシャツの下から封筒《ふうとう》をだした。

「わたしてくれない」

「えっ、だれに？」

「良太《りょうた》くんに」

「えっ、良太くん……！」

思いがけない名前に、カエデはうろたえた。

「おねがい。一生《いっしょう》のお願い。わたしたち親友だよね」

「でも……」

「わたし、どうしてもだめなんだ。なんどかわたそうとしたんだけど、できなかったんだ。だから、お願い」

カエデはいまさっき、良太のカバンに手紙をいれてきたばかりだ。

「こ、これ、なあに？」

「手紙。良太くんと、わたしの誕生日《たんじょうび》にデイトしたいんだよ。ふたりでコンサートに行きたいの。ね、おねがい。これを良太くんにわたしてよ」

……モエの好きな子が良太くんだったなんて！

カエデは頭がクラクラした。

カエデがぼうっとしているうちに、モエは強引に手紙をカエデの手ににぎらせた。

「じゃ、おねがいね」

カエデは手紙を手にしたまま、去っていくモエのうしろ姿《すがた》をぼんやり見送っていた。

モエから手わたされた手紙をにぎっている手。

その手が自分の手ではないような気がする。

……どうしよう……。

モエなら、良太《りょうた》くんにだって平気な顔で、「これ」とかいってわたせると思っていたのに、こんなことをいうのが意外だった。

カエデはしばらく、魔法《まほう》がかかったように動けなかった。

それから、ハッとして、教室へかけだした。

みんなが教室へもどらないうちに、良太のカバンにある手紙をいれかえておかなければいけないと思ったのだ。

急いで教室に行くと、さいわいだれもいなかった。カエデは良太のカバンから自分の手紙を取りだし、モエの手紙をいれた。

モエの期待にそえたとホッとしたものの、手の中の自分の手紙が、いまにも泣きだしそうだった。

カエデは自分の席に、力なくすわると、チケットのはいった良太への手紙をカバンにしまった。ひどくさびしかった。

授業《じゅぎょう》が終わって、玄関《げんかん》のくつ箱《ばこ》のところで、モエはカエデを待《ま》っていた。

「ね、ね。わたしてくれた？」

モエが耳元でささやいた。

カエデはだまってうなずいた。

「サンキュー、カエデ！　ありがとうね！」

モエは小声でそういって、両手でおがむようなポーズをとった。

カエデはふと、いま自分はどんな表情《ひょうじょう》をしているのだろうと思った。

かなしい顔？

さびしそうな顔？

それとも、おこった顔？

モエといっしょに帰るのが苦痛《くつう》だった。モエのことばがすうーっと耳をぬけていくような気がした。

信号のところでわかれて、とぼとぼと帰る家までの道のりが、こんなに長く感じたことはなかった。

うちへ帰りついて部屋へ行くと、手紙の封《ふう》を切って良太へのさそいの手紙を取りだした。

『イエスならY《ワイ》、ノーならN《エヌ》の文字を、黒板の右すみに書いてください。』

この「ふたりだけのすてきな暗号《あんごう》」も、もう見ることはできない。

……どうして、わたし、モエちゃんの手紙とこの手紙をいれかえたのだろう？

……この手紙が先にはいっていたのに。

……でも、でも、モエちゃんの願いを聞かないわけにはいかなかった。だって、親友なんだもの……。

カエデはため息《いき》をひとつつくと、手紙をゆっくりとにぎりつぶした。

目のまえのキャンプの写真。

良太《りょうた》は笑《わら》ってV《ヴィ》サインをだしている。

カエデは、思いきって写真をとめているピンをはずし、机《つくえ》の奥《おく》にしまった。

ふと窓《まど》の外を見ると、ピンク色の雲が暮《く》れゆく空に浮《う》いていた。

……あ、夕焼けだわ。

窓を開けて西の空を見る。

空をあかね色にそめて、真っ赤な太陽が家々のむこうにしずんでいくところだった。

ピンクにそまった雲が悲しい。

カエデは、心の中にぽっかり穴《あな》があいたみたいで、そこをヒューヒューとひんやりした風が吹《ふ》きぬけてゆくような気持ちのまま、あかね色の雲をみていた。

ふいに、カエデは、お母さんと恋《こい》うらないの話をしたときのことを思いだした。

……お母さんだって、恋うらないしたときの人はお父さんじゃなかったといったわ。

それじゃ、あのマーガレットがうらなっている人は、良太くんじゃないのかもしれない！

そうかもしれない……。

良太《りょうた》くんじゃないけれど、この広い空の下のどこかに、自分のことを「好き」と思ってくれている子がきっといるんだ。

きっと、どこかに！

そう思ったとき、ふいに涙《なみだ》がこみあげてきた。

ラブレターはことばです。
ことばは人の思いを伝えます。
人の意志《いし》を伝えます。
人の願いや希望を伝えます。
愛《あい》を語るのもことばです。

最後の物語は、「ことばの力」をきみたちに伝えたくて書いた物語です。

魔法の薬

1

学校からの帰り道、ダイがいった。

「野々山《ののやま》キャンプ、楽しみだなぁ。滝《たき》になっている沢《さわ》があって、岩の上をすべり台みたいにすべり落ちるのが、すごくスリルがあっておもしろいんだって、お兄ちゃんがいってたんだ」

毎年、夏休みが始まってすぐに、六年生が行く野々山キャンプ。

ダイは中学のお兄ちゃんから聞いた話を、二丁目の角でわかれるまでしゃべり続けた。

水のすべり台をすべり落ちて、滝《たき》つぼにしずむときの爽快感《そうかいかん》。

夜、森の中でおこなわれる、こわいこわいきもだめし。

野々山登山で起《お》きた迷《ま》い子事件《ごじけん》の話などなど。

そして、わかれぎわに、

「ジュン、ぜったい行こうな。きっとだぜ！」といった。

「うん……」

と返事をしたが、顔はきっとあいまいな表情《ひょうじょう》だったにちがいない。

あいまいな返事しかできなかったのには理由があった。

野々山《ののやま》キャンプには参加費がいる。

それがぼくには重くのしかかっていた。

ぼくのうちは母子家庭だ。

父さんがいない。父さんはぼくが二年生のとき、ガンで亡《な》くなった。健康に自信があって、検診《けんしん》なんかうけなかったのがわざわいして、発見されたときには手おくれだった。

とつぜん入院して、そのまま家にもどることなく、半年で死んでしまった。

妹のユキは、そのとき五歳《さい》、弟のコウはまだ二歳だった。

父さんの収入《しゅうにゅう》がなくなって、たちまちうちはびんぼうになった。家賃《やちん》の高い公団団地《こうだんだんち》から、家賃の安い小さなアパートにひっこした。

そして、母さんは働きに出た。

昼間はパートの仕事をして、そのあと友だちのやっている食堂で働いて、夜おそく帰ってくる。パートの仕事だけでは、三人の子どもを育てるのにはお金が足りないのだ。

母さんはぼくたちより早く起《お》きて、朝ごはんと自分の弁当《べんとう》を作り、それから、夜のごはんの準備《じゅんび》を手早くすませると、コウを連れてぼくたちより先に家を出る。コウを保育園《ほいくえん》にあずけてから仕事場へ行くのだ。

「ふたりとも車に気をつけるのよ。ジュン、あとおねがいね。ユキちゃん、かみ、クシでとかしてゆくのよ」

母さんはくつをはきながら、思いつくことを口早にいって飛びだしてゆく。

玄関《げんかん》のドアはかぎがかかっていた。

妹は友だちのところへでも遊びに行っているのだろう。

「ただいま」

ドアをあけて、かべにかけてある父さんの写真に声をかける。

父さんの写真に声をかけるのは、ぼくたち兄弟と母さんとの約束だ。

部屋の中はムッとする熱気が充満《じゅうまん》していた。ぼくは窓《まど》をいっぱいに開け、玄関のドアも開けて風を通す。それから、冷蔵庫《れいぞうこ》の麦茶をゴクゴクのどを鳴らして飲んだ。

コウを保《ほ》育園《いくえん》に迎《むか》えに行くまでに、ぼくにはやっておかなければならない仕事があった。

母さんが、のき下のロープにつるしていった洗濯物《せんたくもの》をとりこんでたたむ。

台所のたまったちゃわんやおはしを洗《あら》ってかたづける。

テーブルの上の母さんのメモに目を通す。

それはコウを保育園に迎えに行っての帰り道に、マーケットで買ってくる品物のメモだ。

『きょうはしょうゆとケチャップが安売りになっているから、一本ずつ買っておいてください。

それから、あしたの朝、食べたいものがあったら買っておいてください』

メモの下に千円札が一枚《まい》おいてあった。

ぼくはまだ時間があったので、たたみの上にねっころがった。すると、

「ジュン、ぜったい行こうな。きっとだぜ！」

という、ダイのことばが、笑顔とともに頭に浮《う》かんだ。

「野々山《ののやま》キャンプかぁ……」

ぼくはてんじょうを見あげたまま、ふうっと息《いき》をついた。

目をつぶると、沢《さわ》をかけ落ちる水のすべり台が見える。

はじけ飛ぶ水しぶき。

滝《たき》つぼに落ちてゆくひんやりとした水の感覚……。

玄関《げんかん》から吹《ふ》きぬける風に、うとうとっと眠気《ねむけ》がおそった。

ハッと目をさまし、たんすの上の置き時計を見る。

もう、弟をむかえに行く時間になっていた。

ぼくはノロノロと体を起こし、テーブルの上のメモと千円札をつかむと、自転車のキーをにぎって外へ出た。

2

保《ほ》育園《いくえん》の玄関にはいると、コウがぼくをめがけて飛んできた。

「ね、ね、お兄ちゃん、これ見て！」

玄関のわきのボードに、ライオンやゾウの写真のはいったポスターがはってあった。

「こんど動物園、行くんだよ。バスに乗って、お弁当《べんとう》もって行くんだ」

ぼくは「わかった、わかった」と軽くいなして、

「はやく、くつをはきな」

と、コウをせかした。

くつ箱《ばこ》からだしたコウのくつの先には穴《あな》があいていた。

「これ、いつあいたんだ?」

「しらない。へいき、へいき。さ、行こう」

コウはさっさとドアをぬけて、ぼくの自転車の方へかけていった。

「コウも自転車がほしいなぁ。補《ほ》助輪《じょりん》つきの自転車に乗れるようになったんだから」

ぼくはコウのひとりごとを聞き流して、うしろの荷台に取りつけた座席《ざせき》に弟をかかえてのっけた。コウはかかえあげられながらもしゃべっている。

そして、コウがしゃべればしゃべるほど、ぼくは無口《むくち》になっていく。

マーケットで、母さんのメモにカマボコをたして買い物をすませた。

「お兄ちゃん、チョコだめ?」

と、コウがぼくの顔をのぞきこんだ。

「だめだ」

「じゃあ、ぺろぺろあめ！」

「だめだ」

「買ってよー、おねがい！」

「さ、はやく帰ろう」

コウはつないでいた手をふりきって、ふくれっつらをしてたちどまった。

「おいていくぞ」

ぼくはコウを残して店を出た。

自転車のところでふりかえると、コウはさっきのところにつっ立ったままだ。

しかたなく、もどっていくと、ぶたれると思ったのか、コウはじりじりとあとずさった。

「帰ろ」

「いやだ」

上目《うわめ》づかいに、コウはぼくをにらんだ。なにかいったら、ポロリとなみだがこぼれ落ちそうな顔だ。

ぼくはお菓子《かし》のたなをチラッと見て、バラ売りのぼうのついた丸いあめは一本二十円だということを確《たし》かめる。

「これ一つでいいか？」

「うん！」

コウがニカッと笑《わら》って目をこすった。

ぼくはポケットをさぐって二十円をわたす。あめと小銭《こぜに》をにぎり、レジの方へ走っていこうとするコウをよびとめ、

「これも。お姉ちゃんの」

と、もう一本とって、お金とともにわたした。

アパートへ帰ると、三年生の妹のユキが台所で米をといでいた。

ごはんをたくのは妹の係りなのだ。

カップに三ばいのお米を、水がすむまであらって、マークのところまで水をいれ、炊飯器《すいはんき》にかけて赤いスイッチをおす。

ユキはすぐにおぼえた。当番をときどきわすれることもあったが、ほぼ役目をこなしていた。

「ユキ、食べな」

ぺろぺろキャンディをさしだすと、ユキは「サンキュウ！」といってうれしそうに笑《わら》った。

妹がお米を炊飯器《すいはんき》にかけ、ごはんがたきあがるまで、コウはテレビを見ている。

ぼくとユキはちゃぶだいの上に宿題をひろげた。

ごはんは七時だ。

母さんが、朝のうちに用意してくれたおかずをあたためて、ぼくたちはアニメを見ながら、三人で食べた。

もう、三年以上、こういう生活が続いている。

最初のうちは、コウが小さかったから大変だった。よく泣《な》いたし、おむつをよごしたりで、ぼくもよくどなったりしたが、最近はだいぶ手がかからなくなったので楽になった。

「ユキちゃん、あのね」

と、ごはんをほうばりながら、コウがいった。

「オレたち、こんど動物園、行くんだよ」

「オレじゃないでしょ。ボクでしょ」

「あ、ボクたち、動物園、行くんだ」

「いいなあ。あたしたち、夏休みはプールだけだよ。夏休みになっても、うちはどこへもいかないんでしょ、お兄ちゃん？」

ぼくは返事のしようもなく、だまってごはんをかきこんでいる。

「あ、六年生はキャンプがあるんだよね？」

聞こえないふりをして、テレビに目をやる。

「ミワちゃんがいってたよ」

ミワちゃんというのは、ユキの友だちのお姉さんで、ぼくのとなりの六年三組の子だ。

「おしゃべりしてないで、さっさと食べな」

ぼくはひとり食べ終わると、食器をかかえて台所に運んだ。

3

夕ごはんを食べおわると、ぼくとユキで台所のかたづけをする。

ぼくが食器を洗《あら》い、ふきんでふいてしまうのはユキの係りだ。

そのあいだ、コウはごはんを食べた三畳《じょう》の部屋で、テレビを見ているかゲーム器をいじっている。ふと気がつくと、ゲーム器を持ったまま眠《ねむ》ってしまっていることもある。

かたづけが終われば、ぼくたちはごろごろころがってテレビを見たり、本を読んだり、ゲームをしたりだ。

母さんが帰ってくるのは十時すぎだ。

九時になったら、ふたりを寝《ね》かしつけるように、母さんにいわれている。コウはその前にテレビを見ながら居眠《いねむ》りをはじめるので、眠りそうになったら、台所に連れていって歯みがきをさせ、パジャマに着替《きが》えさせる。

ぼくはこれがいやだ。

眠たいものだから、コウがぐずる。ぐずるのをなだめながら、歯みがきをさせる。すると、けんかみたいになる。

おこりたくないのだけれど、いらいらして声が大きくなる。ときには、なぐってしまい、泣《な》きながらふとんにはいっていくコウを見ると、気がめいってしまう。

ぼくたち三人が寝《ね》るのは、奥《おく》の六畳《じょう》の部屋だ。二間《ま》きりのアパートだから、母さんは手前の三畳の部屋に寝る。おそく帰ってきて、ぼくたちを起《お》こさないようにここで寝るのだ。

ふたりを寝かせてからぼくはここにふとんをしいて、その上にねっころがり、テレビを見ながら母さんの帰りを待《ま》っている。待っているうちに、テレビをつけっぱなしで、眠《ねむ》ってしまうこともある。

その夜も、母さんが帰ってきたのは十時をまわっていた。

「ただいま」

母さんは冷蔵庫《れいぞうこ》の冷えた麦茶《むぎちゃ》をコップについで、

「ああ、つかれた」

といいながら、ふとんの上に足を投げだして、麦茶をのどを鳴して飲んだ。

「あー、おいしい！　ふたりとも寝たの？」

「うん」

「なにかかわったことあった？」

母さんはいつもとおなじ質問《しつもん》をした。

「べつに。あ、しょうゆとマヨネーズとカマボコ買っておいた」

「あ、ありがとう」

「これ、おつり」

ぼくはポケットから釣《つ》り銭《せん》をだしてわたした。

「コウとユキにあめを買った」

「そう。あ、そうだ」

母さんは立ち上がって台所のテーブルからバッグをもってきた。

「ジュンにおみやげ。洋子《ようこ》さんがくれたの」

といって、サイダーの缶《かん》をさしだした。

洋子さんというのは、食堂をやっている母さんの友だちだ。

「ありがとう。氷いれて飲もう」

ぼくはコップに氷をいれて、サイダー水を二つ作った。

「はい、母さん」

「あら、わたしにも作ってくれたの。ありがとう。あー、おいしい！」

母さんはコウとユキのカバンを持ってきて、いつものように連絡帳《れんらくちょう》を見たりしはじめた。

「あら、遠足があるのね」

「動物園だって。だいじょうぶ？」

「なにが？」

「また、お金がいるんだろ？」

「だいじょうぶよ、これくらい」

「コウのくつ、穴《あな》があいている……」

「またぁ。このあいだ買ったばかりなのに。親指のところ？」

「うん」

「あの子、いつもあそこに穴をあけるのよね。どんな歩き方してるのかしら？　ユキは宿題やった？」

「うん。いっしょにやった」

「ありがとう。ジュンがいるから助かるわ。ユキ、変わったことない？」

「ないと思うけど……」

母さんとぼくは、毎晩《まいばん》、こんな会話をしていた。

「ジュンは母さんにいっておくことないの？」

「べつにないよ」

「そう、じゃあ、おやすみ。ご苦労さん」

ぼくはとなりの部屋へゆく。もう、まぶたが半分とじかかっている。コウとユキが頭をくっつけるようにして眠《ねむ》っていた。

母さんはこれから、洗濯機《せんたくき》をまわしながら、家計簿《かけいぼ》をつけたりして寝《ね》る。何時に寝るのか、ぼくは知らない。

何時だったか、真夜中に目がさめたとき、となりの部屋から光がもれていたので、ふすまに手をかけ、あけようとして、ぼくは、かたまってしまった。

母さんが泣《な》いていたんだ。

声をおし殺《ころ》して、母さんは泣いていた。

ぼくはふすまをあけることもできず、そうっとまた横になって、ふとんを引きよせた。

つぎの朝、

「ジュン、起《お》きて。コウの着替《きが》え、おねがい！」

いつもの母さんの元気な声だった。

ゆうべ、あれからしばらく眠《ねむ》れなかったので、頭がぼうっとしていた。

母さんが泣《な》いていたのは、夢《ゆめ》だったのか？

「ジュン、早くして。ユキも、起きて」

いつもの朝がはじまっていた。

ぼくは「よしっ！」と、気合《きあ》いをいれて起き上がった。

4

あと十日たらずで夏休みになるという日のことだ。

学校から帰って一息《ひといき》ついていると、女の子があせまみれの顔を真っ赤にして、うちに飛びこんできた。

「ユキちゃんが、けがした！」

「どこで？」

「公園で。自転車とぶつかったの！」

ぼくはくつをつっかけたまま飛びだした。

公園の真ん中に自転車が倒《たお》れていて、四、五人の子どもたちがかたまっていた。

その真ん中に、ユキが倒れて泣《な》いていた。

「どうした？　ユキ、だいじょうぶか？」

だき起《お》こそうとすると、ユキは「いたいよー」といって、いっそう声を張《は》りあげた。

ぼくはユキのなみだをふいてやりながら、まわりの子どもたちに、

「どうしたんだ？」

ときいた。

「この子の自転車とぶつかったの」

女の子がいった。

ゆびをさされた男の子が半べそ顔でいいわけをした。

「ユキちゃんが、よそむいたまま走ってきたんだもん」

話を聞くと、オニごっこをしていたユキは、オニに追いかけられて逃《に》げまわっていたらしい。

オニに気をとられて、自転車に気づかなかったのだ。

「だけど、マサト、ここで自転車にのっちゃいけないんだぞ」

と、一番大きな子がいった。すると、マサトとよばれた男の子がヒックヒック泣《な》きだした。

「いいから、いいから。もう、泣くな」

と、ぼくは男の子をなぐさめた。

「だいじょうぶだから、もう、いいから」

でも、ユキのけがは、ぼくの予想をこえていた。

立たせようとしても、痛《いた》がって立てない。しばらく時間がたてば立てるようになるだろうと思って、ベンチに腰《こし》かけさせていたら、足首がしだいにはれてきた。

病院《びょういん》へ連れていかなきゃと思った。

ユキをおぶってアパートへ帰り、それから母さんに電話をいれた。

「それで、足首がはれているの？　骨《ほね》がおれているようすなの？」

「わからないよ、そんなこと」

「そうね。できるだけ早く帰る。とにかく、あだち先生の所へ連れてってちょうだい。保険証《ほけんしょう》はあとで、母さんが持っていくから」

あだち先生というのは、近所の小児科《しょうにか》の病院《びょういん》だ。ときどき、ユキやコウが世話《せわ》になっている顔見知りの先生だ。

ぼくはユキを自転車に乗せ、病院へ連れていった。小柄《こがら》でカマキリみたいな顔をしたあだち先生は、まずレントゲンをとって、それを見ながら、

「骨《ほね》は折れてはいないようだね。足首をひねったんだ。ねんざだな」といった。

「いいか、ユキちゃん。しばらく静かにしてなくちゃだめだぞ」

そして、

「包帯《ほうたい》で固定《こてい》して、しっぷ薬《やく》をだしてあげなさい」

と、看護婦《かんごふ》さんにいった。

ぼくは先生に小声でいった。

「あの、お金と保険証はあとで、母さんが」

「ああ、いいよ。心配することないよ」

ぼくはホッとして、ユキと待合室《まちあいしつ》で薬が出るのをまった。

まもなく、薬が出た。

「三千六百円です」

と、受付のおばさんがいった。

「あの、保険証《ほけんしょう》とお金は、あとで母さんが」

「あ、わかった。お大事にね」

病院を出た所で、ユキが小さい声で、「お兄ちゃん、ごめんね」といった。

いろいろ迷惑《めいわく》をかけたと思ってそういったのだろうが、ぼくはお金のことを考えていた。

また、母さんには思わぬ出費《しゅっぴ》だ。

家に帰ってふとんをしいて、ユキを寝《ね》かせているところへ、あせをふきながら母さんが帰ってきた。

「ユキ、どう？　痛《いた》くない？」

「動かすと痛い」

「しばらく学校行けないわね」

母さんはユキの足をなでながらいった。

「治療代《ちりょうだい》、三千六百円だって」

「あ、もう、よってすましてきた。公園からずっとおんぶしていったの？」

「ううん、うちへよって、自転車でいった」

「大変だったわね。ありがとう」

骨折《こっせつ》していなかったので、母さんはホッとしたらしく、冷蔵庫《れいぞうこ》から麦茶《むぎちゃ》をだして飲んだ。

「ユキ、今夜なに食べたい？　早く帰れたから、好きなもの作ってあげる」

「やったぁ！　オムレツ、食べたい！」

ユキが甘《あま》ったれた声をあげた。

「食堂はいいの？」

と、ぼくは思わず口をはさんだ。

「だいじょうぶ。きょうは休ませてもらったの」

「じゃあ、コウをむかえに行ってくる」

その夜、ぼくたちはめずらしく四人で夕はんをかこんだ。

せまいちゃぶ台に、大きなお皿《さら》が四つならんで、黄色のオムレツが輝《かがや》いていた。コウもユキもうれしくてしかたがないといった表情《ひょうじょう》だった。

そのときだ。

玄関《げんかん》のチャイムがなった。

あけっぱなしのドアのむこうに、男の人と女の人が立っていた。

「あ、マサトくんのおばちゃん」

と、ユキがいった。

ぼくはマサトの両親が、あやまりにきたのだと思った。

ところが、マサトの父さんは、いきなり、

「うちの子の自転車の修理代《しゅうりだい》をはらってくれ」といいだしたのだ。

ぶつかって前の車輪が曲がってしまい乗れないという。

「買ったばっかりの自転車だったんだから」と、おばさんもいった。

それで母さんはとうとう切れた。

「うちの子におわびの一言《ひとこと》くらいあってもいいじゃありませんか！」

「なんだと。悪いのはそっちじゃないか。自転車にぶつかってきたんだぞ」

「どっちが悪いなんて、子どものことです。わからないじゃありませんか」

おたがいの声がだんだん大きくなった。

ユキが泣《な》きだした。つられてコウも泣きだした。

さすがに、マサトの両親もどなるのをやめたが、請求書《せいきゅうしょ》をあがりがまちにおいて、ブツブツいいながら帰っていった。

ぼくはくやしくて、腹《はら》が立ってしかたがなかった。

父さんがいたら……と思った。

5

せっかくの楽しい食事がだいなしだった。

コウとユキは、マサトの親たちが帰っても、なかなか泣きやまなかった。

目のまえで大人が大声でいい争うのがこわかったにちがいない。

ケンカをするのを見たのは初めてだったし、母さんがいじめられているように思えたのかもしれない。ぼくだってそう思ったくらいだ。

父さんがいたら……、そう思ったのはぼくだけではなかったろう。母さんだって、ぼく以上にそう思ったにちがいない。

マサトの父さんがおいていった請求書《せいきゅうしょ》には六千円と書いてあった。

母さんは塩をつかんで、いまいましそうに玄関《げんかん》にたたきつけた。

そして、ヒックヒック泣《な》き続けるコウとユキをだきかかえ、目に涙《なみだ》をうかべてくちびるをかんだまま一点を見つめていた。


夜中、ふと目がさめた。

となりの部屋から明かりがもれていた。

何時だろうと、首をまわしてたんすの上の置き時計を見た。豆電気のかすかな明かりをすかしてみると、十二時をまわっている。

ぼくはふすまのすきまからそっとのぞいた。母さんはなにか手紙のようなものを読んでいた。読みながら、首にかけたタオルで顔をふいている。

あせをふいている……と思ったら、泣《な》いていたんだ。

母さんはあふれる涙《なみだ》をふいていた。

手紙を読みながら泣いていた。

手紙を読み終えると、母さんはタオルで顔をおおって、ちゃぶ台につっぷした。肩《かた》をふるわせ、声をおし殺《ころ》して泣いていた。

ぼくはどうしていいかわからず、ふすまに手をかけたまま動けなかった。

しばらくして、母さんは急に顔をあげると、ブルブルっと頭をふった。それから、台所へ行き、ジャブジャブと顔をあらった。そして、両手で自分のほおをパンパンとたたいた。

もどってきた母さんの顔は、まぶたははれていたけれど、すっきりしていた。

母さんは、さっきまで読んでいた手紙を封筒《ふうとう》にもどし、一言《ひとこと》なにかつぶやいた。

「お休みなさい」といったような気がした。

それから、キスするみたいにくちびるを封筒にあて、自分のバッグにしまった。

つぎの朝の母さんは、またいつもとおなじ母さんになっていた。

「ジュン、起《お》きて！　コウの準備《じゅんび》、おねがい。ユキ、どう、ぐあいは？　しっぷ、かえようか。ごはんを食べてから、また、休みなさい」

いつものようにてきぱきと朝の仕事をかたづけ、コウといっしょに朝ごはんを食べると、コウを連れて飛びだしていった。

ぼくは母さんが夕べバッグにいれた封筒《ふうとう》が気になっていた。

あれはだれからの手紙なんだろう？

どうして、母さんは泣《な》いていたのだろう？

学校へ行く準備をしながら、そんなことを考えていた。

「お兄ちゃん、テレビの方で寝《ね》てていい？」

食事をおえたユキがいった。

「ああ、そうしな。静かに寝てるんだぞ」

「うん。いってらっしゃい」

「ドア、かぎかけていくから、暑《あつ》かったら扇風機《せんぷうき》でもまわしてな。ドアはあけるなよ」

「うん。早く帰ってきてね」

ユキの足がひどくならなくてよかった。

だけど、母さん、夕べの請求書《せいきゅうしょ》どうするのだろう……。

請求どおりはらうのだろうか……、そんなことを考えながら、学校へいそいだ。


その日の帰りの会で、先生がいった。

「野々山《ののやま》キャンプの申《もう》しこみをまだしていないものは、来週の水曜日までだぞ。忘《わす》れないように」

帰り道、ダイが、

「ジュン、キャンプの申しこみした？」

と聞いた。

「あ、まだしてないんだ。忘れてて……」

「えっ、まだぁ！　水曜日までだぞ。絶対《ぜったい》しろよな。おれ、家族で沖縄《おきなわ》に行く計画があったんだけど、こっちの方がおもしれぇから、計画をのばしてくれーってがんばったんだから」

「申しこみした？」と聞かれたときに、「うん」と答えそうになった。でも、ウソはつけなかった。

ぼくだって、ダイたちといっしょに、野々山《ののやま》キャンプへ行きたい。

でも、母さんに余計《よけい》な出費はいいだせなかった。

そこへユキのことがかさなってしまった。とてもキャンプへ行きたいとはいえなかった。

ダイはわかれぎわに、

「絶対申《ぜったいもう》しこめよ、ジュン！　忘《わす》れたら、絶交《ぜっこう》するからな」

と、半分笑《わら》いながらいった。

自分を一番の友だちだと思っているダイをがっかりさせたくはなかった。

でも、多分、がっかりさせてしまうだろう。

「絶交」ということばが耳に残った。

そうなれば……しょうがないけれど……さびしかった。

6

アパートへ帰ると、テレビがつけっぱなしでアナウンサーがひとりでしゃべっていた。

ユキは鼻の頭にあせをかいて眠《ねむ》っている。ドアにかぎをかけていったので、扇風機《せんぷうき》はまわっていたが、暑《あつ》かったのだろう。

ぼくはドアをあけて風をいれ、冷蔵庫《れいぞうこ》の麦茶《むぎちゃ》をゴクゴク飲んだ。

六畳《じょう》の部屋に、大《だい》の字にねころぶ。

さっきわかれたダイの笑《わら》った顔と「絶交《ぜっこう》」ということばを思いだしている。

あれは本気でいったのだろうか？

ぼくはランドセルの奥《おく》につっこんだままの「キャンプ申込書《もうしこみしょ》」を、もらった日からずっと捨《す》てようとして捨てきれずにいた。行けると思って捨てなかったのではなかった。

といって、行きたくて捨てなかったのでもなかった。

のきにほしてある洗濯物《せんたくもの》が目にはいった。

洗濯物をとりこんでいると、ユキが目をさました。

「あ、お兄ちゃん、帰ってたの」

「足は痛《いた》くないか？」

「うん。でも、動かすとすこし痛い」

「なにか食う？」

「麦茶《むぎちゃ》飲みたい」

ユキに麦茶をくんでやり、台所の食器をあらう。きょうはユキがごはんをたけないことに気づき、お米を洗《あら》って炊飯器《すいはんき》にかける。

それから、ユキのしっぷ薬《やく》をかえて、いっしょにテレビを見ているうちに、コウをむかえに行く時間になった。

「かぎをかけてゆくけど、だれか来ても出なくていいからな」

といいおいて、保《ほ》育園《いくえん》へ向かった。

コウのくつの穴《あな》はさらに大きくなっていた。

「ね、ね、お兄ちゃん、ぼくね、もぐれるようになったんだよ。でも、保育園のプールはちっちゃいからつまんない」

コウはそんなことをつぎからつぎへとしゃべりまくる。ぼくも小さいころは、こんなにおしゃべりだったのだろうか。なんの苦労も知らずに生きている弟を見ていると、うらやましいような、いまのぼくがばかばかしいような気分になった。

夜十時をまわり、コウもユキも寝《ね》いって、ぼくはひとり母さんのふとんにねころんでテレビを見ていた。

「ただいま」

母さんは帰ってくるなりいった。

「ジュン、あんた、もうすぐキャンプがあるっていうじゃないの。申《もう》しこみしたの？」

「してない」

「してないって、どうして？」

「行かない」

テレビを向いたままの姿勢《しせい》でそういった。

「行かない？　なにかあったの？」

「ないよ」

「じゃあ、どうして行かないの？」

「べつに」

母さんはぼくがねっころがっているふとんの上に正座《せいざ》すると、ぼくのしりをポンとたたいて「ちょっと、起《お》きて」といった。

ぼくたちは顔を向きあわせてすわった。

「べつにじゃないでしょう。あんた、お金のことを心配してるんじゃない？」

ぼくはだまったまま、うつむいている。

「だったら、だいじょうぶよ。心配しないでいいのよ」

「……」

「あんたにお金の心配させるなんて、母さん、自分が情《なさ》けない。ごめんね」

母さんはそういうと、ふうっとため息をついた。それから、ぼくの手に自分の手をかさね、その手に力をこめた。

「たしかに、うちはびんぼうだけど、なんとかやっていってるじゃない。どうしてもだめなときは、ジュンに一番に相談する。だって、ジュンは母さんの一番の頼《たよ》りなんだもん」

ぼくはずっとうつむいて母さんの手を見ていた。父さんが生きていたころは、マニキュアで光っていたツメが、いまはぼくのツメと同じ色だ。

「ね、だから、キャンプ、行ってらっしゃい。月曜日に、申込書《もうしこみしょ》、だすのよ」

ぼくはだまってうなずいた。ふいに、涙《なみだ》がこみあげてきて、ポトッとひざに落ちた。

「申込書、あるの？」

「うん」

母さんはホッとしたようすで、こんどはぼくの肩《かた》に手をやっていった。

「ね、ジュン。心の中にひとりでしまいこまないで、なんでも母さんにいって。母さんとジュンの間に秘密《ひみつ》はナシよ」

「うん。……母さんも」

「もちろん」

「母さん……」

ぼくはいおうかどうか迷《まよ》った。

でも、ずっと気になっていたことなので、思いきって口にした。

「ぼくね、母さんが夜中に泣《な》いているのを知ってる。苦しいことがあるの？」

母さんはハッとして、一瞬《いっしゅん》、顔がひきしまった。おこったのかと思った。

「ごめんね。よけいな心配させて。母さん、ときどき、疲《つか》れたって思うときがあるの。不安になるときがあるの。それで、つい、泣《な》いてしまったりして……、ごめん」

「いいよ、泣いても。だって、母さん、つぎの日はもっと元気になってるんだもん」

「そうよ。だって、母さんにはあなたたち三人の、かわいくて強い味方《みかた》がいるんだもの。それに、母さんね、元気になる魔法《まほう》の薬をもっているの」

「魔法の薬？」

母さんはバッグからなにか取りだした。

アッと思った。

母さんが泣いていた夜、バッグにしまった封筒《ふうとう》だった。

7

母さんは封筒をひざにおくと、背筋《せすじ》をのばし、ぼくをまっすぐ見つめた。

「これは、コウちゃんがもうすこし大きくなったら、あなたたち三人に読んで聞かせようと思っていたの。父さんが母さんにくれたラブレターよ」
母さんはちょっと照《て》れくさそうな顔をして、それから、「読むわよ」といった。

『友子《ともこ》へ
おそらく、これが友子への最期のラブレターになるだろう。指と頭が動くうちに書いておきたい』

母さんは静かに読みはじめた。
父さんが病院のベッドで書いた母さんへの手紙だった。

『君との結婚《けっこん》生活がたったの十年で終わるとは夢《ゆめ》にも思わなかった。これは悪い夢だ、夢であってほしいと願ったが、願いはかなわなかったようだ。
ジュン、ユキ、コウの三人の子どもに恵《めぐ》まれ、これからというときに、おれはお前たちの前から消えなければならない。悲《かな》しい。猛烈《もうれつ》にくやしい。そして、友子、君には申《もう》しわけない気持ちでいっぱいだ。

友子《ともこ》、おれが愛《あい》した人。

世界中で一番好きな人。

人生をいっしょに歩き続けるはずだった人。

ジュン、おまえが生まれたとき、父さんは「生まれてきてくれてありがとう！」と叫《さけ》んだくらいうれしかった。

ユキ、おまえは本当に色の白い、美しいかわいい赤ちゃんだった。

コウ、おまえの泣《な》き声《ごえ》は一番大きくて、手足をやたらと動かす元気な子だった。

おまえたちともっといっしょにいたかった。

いっしょに散歩したり、おしゃべりしたり、たのしい思い出をたくさん作りたかった。

ごめんな。百回も千回もごめん。

なにもしてやれないまま、父さんは去っていかなければならない』

母さんの声がつまった。

ぼくは母さんのまえにかしこまって、父さんの顔と声を思いだしていた。

母さんは小さくせきを一つして続けた。


『父さんは、いま、みんなのしあわせを祈《いの》ることしかできない。

友子《ともこ》、どうか自分の人生を大切に生きてください。しあわせになってほしい。心から君のしあわせを祈《いの》っている。

ジュン、ユキ、コウ。元気で仲《なか》の良《よ》い兄弟でいてください。母さんを助けてあげてください。みんなで力をあわせて生きていってください。

ああ、窓《まど》の外の空が白んできた。

今日という日がまたやってきた。

おれには「明日」という日が、来るのだろうかと、ふと思う。

君たちとともに、一日でも多くの「明日」を迎《むか》えたい。そして、一日でも多く、君たちの笑顔《えがお》を見ていたい。声を聞いていたい。

友子《ともこ》、ありがとう。ありがとう。ありがとう。
君に出会えてしあわせだった。
三人の子どもたちを君に背負《せお》わせてゆくのが、本当に心苦しい。申《もう》しわけない。
どうか、子どもたちに、伝えてください。
みんな、父さんの誇《ほこ》りだったということを。
さようなら、友子。
さようなら、ジュン、ユキ、コウ』

母さんは、手紙をひざの上においたまま、両手で顔をおおった。
ぼくたちは声を殺《ころ》して泣《な》いた。
涙《なみだ》がポタポタとひざに落ちた。
ひとしきり泣いたあと、母さんはぼくにティッシュをわたしながらいった。
「これが母さんの魔《ま》法《ほう》の薬よ、父さんの手紙」
そのときの母さんの笑顔。

ぼくは一生忘《いっしょうわす》れないだろう。


月曜日。

ぼくはキャンプの申込書《もうしこみしょ》を先生にもっていった。

「おう、ジュン、よかったなぁ。おまえのが出ていないので、気になっていたんだ」

先生はそういって白い歯を見せた。

学校からの帰り道、ぼくはダイと野々山《ののやま》キャンプのことを話しながら帰った。

家に帰ると、ユキが台所に立って、お米をあらっていた。

「ユキ、だいじょうぶなのか?」

「うん。もう、だいじょうぶ。ほら!」

そういって、ユキが包帯《ほうたい》を巻《ま》いた足を床《ゆか》についてみせた。

作者・**丘 修三**（おか しゅうぞう）
1941年熊本に生まれる。東京教育大学（現・筑波大学）で障害児教育を学び、東京都の養護学校教師を25年務める。病気退職後、文筆生活に入る。
作品に『ぼくのお姉さん』『風に吹かれて』（偕成社）、『福の神になった少年』（佼成出版）、『ぼくのじんせい』（ポプラ社）、『みつばち』『ウソがいっぱい』（くもん出版）、『口で歩く』『けやきの森の物語』（小峰書店）などがある。
児童文学者協会理事。「子どもの本・九条の会」運営委員。

画家・**ささめや ゆき**
1943年東京に生まれる。絵本に『ガドルフの百合』（宮澤賢治・文 偕成社）、『ブリキの音符』（片山令子・文 白水社）、『マルスさんとマダムマルス』（原生林）、『あしたうちにねこがくるの』（石津ちひろ・文 講談社）、『幻燈サーカス』（中澤晶子・文 BL出版）、『ねこのチャッピー』（小峰書店）、著書に『ほんとうらしく、うそらしく』（筑摩書房）、『十四分の一の月』（幻戯書房）、『ヘッセの夜、カミュの朝』（集英社）など。

ラブレター物語 Green Books
2011年9月29日 第1刷発行 2012年5月5日 第2刷発行

作者・丘 修三
画家・ささめや ゆき
発行者・小峰紀雄
発行所・㈱小峰書店
〒162-0066 東京都新宿区市谷台町4-15
電 話・03-3357-3521
FAX・03-3357-1027

組版・㈱タイプアンドたいぽ
印刷・㈱三秀舎
製本・小高製本工業㈱

 Printed in Japan NDC913
ISBN978-4-338-25005-4 175p 20cm
http://www.kominoshoten.co.jp/